廚房

Kitchen

キッチン

吉本芭娜娜

目次

Contents

作者最新中文版序

寫作至今眨眼間已三十年。

《廚房》於我而言就像滾石樂團的〈*Satisfaction*〉。演奏千百遍也不厭倦，是重要的作品。

但願諸位喜歡新版，新世代的讀者也能一覽。

吉本芭娜娜

廚房

キッチン

全世界我最喜歡的地方大概就是廚房。

不管它在哪裡、長得什麼樣子，只要是廚房，有地方讓我煮東西，我就覺得自在。當然最好是功能齊全且經常被人使用的廚房，有許多乾爽清潔的抹布，雪白磁磚閃閃發亮。

哪怕是骯髒的廚房，我也一樣喜歡。

地板散落菜渣，髒得讓拖鞋底烏漆墨黑也不要緊，空間是越寬敞越好。塞滿食物足以度過一整個冬天的巨大冰箱聳立，我就倚靠著銀色的冰箱門。從油花噴濺的瓦斯爐台及生鏽的菜刀倏然抬眼，只見窗外星光清冷。

只剩我與廚房了。但想想總比只剩我自己一個人來得好些。

真的精疲力盡時，我經常懶洋洋地想，如果有一天死亡降臨，我希望是在廚房嚥下最後一口氣。無論獨自置身冰天雪地，或是與人待在溫暖的地方，我都希望自己能夠坦然無懼地面對死亡。若是在廚房，那就太好了。

被田邊家收留前，有一陣子我天天都睡廚房。

不管在哪都翻來覆去睡不好，於是從房間慢慢往舒服的地方挪位子，直到某個黎明赫然發現，冰箱旁邊竟是最好睡的窩。

我叫櫻井美影，父母相偕早逝。因此是被祖父母帶大的。在我上中學時，祖父死了。之後就與祖母相依為命。

日前，祖母也過世了。我大吃一驚。

曾經擁有的家族，在歲月更迭中逐一減少，此時此地只剩自己一人。驀然驚覺時，眼前一切變得很不真實。從小住到大的屋子裡，在這麼多年之後，竟然只剩下我了，這讓我很吃驚。

簡直是科幻小說。是宇宙的黑洞。

喪禮結束後，我整整三天都在發呆。

伴隨已經飽和到流不出眼淚的悲傷，悄然拖曳著柔和的睡意，在安靜明亮的廚房打地鋪。我像萊納斯[1]一樣裹著毛毯睡覺。冰箱嗡嗡的運轉聲，保護我免於孤獨的思考。在這裡，長夜安詳走遠，黎明來臨。

我只想沉睡星光下。

我想在曙光中醒來。

除此之外的一切，都任其淡淡逝去。

然而！事態容不得我如此逃避。現實是殘酷的。

雖然祖母留了一點錢給我，但那房子給我一個人住實在太大，也太貴，我必須另覓住處。

無奈之下，我買了某某租屋情報誌回來翻閱，可是看著這麼多彷彿一模一樣的房子，我不禁頭暈眼花。搬家很麻煩。需要精力。

我實在提不起精神，況且日夜睡在廚房導致渾身痠痛，現在還得讓這毫無用處的腦袋清醒過來去看房子！還得搬行李！還得遷電話！

1 萊納斯：《史奴比》漫畫中的某個小孩，喜歡抱著毯子。

想到這些沒完沒了的麻煩，我不禁絕望地躺在地上發呆，因此那個奇蹟從天而降的午後，我記得非常清楚。

門鈴忽然叮咚響起。

那是天色微陰的春日午後。租屋情報看到都要倒胃口了，反正早晚都得搬家，於是索性埋頭專心綑綁雜誌。門鈴響起時我幾乎是慌慌張張穿著睡衣就跑出去，不假思索拉開門閂開門（幸好來人不是搶匪）。站在眼前的是田邊雄一。

「上次謝謝你。」我說。

祖母的喪禮他幫了不少忙，是個比我小一歲的優秀青年。據說跟我念同一所大學。如今我暫時休學了。

「不客氣。」他說。「住處找到了嗎？」

「毫無頭緒。」

我笑了。

「我就知道。」

「進來喝杯茶吧？」

「不了。我現在是出門辦事途中，趕時間。」他笑了。「我只是想跟妳說一聲。我和我媽商量過了，妳要不要暫時來我家住？」

「蛤？」

我說。

「總之，今晚七點妳先來我家一趟。這是地圖。」

「噢。」我茫然接下那張便條紙。

「那，今後請多指教。我們母子都很期待美影的到來。」

他笑了。笑容太燦爛，使得這個站在熟悉的玄關的青年，眼眸似乎猛然變得好近，令我移不開眼睛。我想一方面可能也是因為他忽然喊我的名字。

「……那，總之我會去拜訪。」

講難聽點，大概是鬼迷心竅昏了頭吧。然而，他的態度非常「酷」，讓我不由自主相信他。眼前的黑暗中，一如每次鬼迷心竅時，出現了唯一一條路。看起來光明可靠，於是我不禁如此回答。

他聽了，說聲晚點見，就此笑著離去。

在祖母的喪禮前我幾乎完全不認識他。喪禮當天，田邊雄一突然出現時，我真的以為他是祖母的小情人。他上香時緊閉哭腫的眼睛雙手顫抖，睜開眼看著祖母的遺照，再次淚如雨下。

看著他，我甚至忍不住懷疑，或許我對祖母的愛還不如此人。因為他看起來哀慟逾恆。

之後，他拿手帕摀著臉說：

「請讓我略盡棉薄之力。」

於是，之後很多事情就由他代為打點了。

田邊，雄一。

我費了好大的工夫才想起這名字是甚麼時候聽祖母提起的，可見當時大概是腦子太混亂了。

他在祖母常去的那家花店打工。記得曾多次聽祖母提起，花店裡有個好孩子，祖母總是說，「田邊那孩子啊，他今天也……」祖母喜歡插花，廚房總是點綴著鮮花，因此每星期都會去花店光顧二次。這麼一說才想到，有一次他好像還抱著大盆栽跟在祖母後面來過我家。

他的手腳修長，五官俊秀。我不知道他的家世背景，只是印象中好像見過他非常勤快地在花店工作。即便稍微認識後，他那種莫名「冷漠」的印象還是沒變。儘管舉止或口氣再怎麼溫柔，還是給人獨來獨往之感。說穿了，他只不過是那種程度的熟人，終究是個外人。

夜裡有雨。我拿著地圖，走在綿綿暖雨籠罩的朦朧春夜。

田邊家住的那棟公寓，和我家正好隔著中央公園遙遙相望。穿過公園時，夜晚的草木氣息濃郁嗆人。泛著水光的小路映出虹彩，我啪嗒啪嗒踩過積水。

老實說，我只是因為雄一叫我去所以才去。其實甚麼也沒想。

仰望高聳的公寓，他家所在的十樓非常高，想必夜景一定分外美麗。

走出電梯，我一邊擔心響徹走廊的腳步聲會不會太吵，一邊按下門鈴，雄一立刻來開門。

「歡迎。」

他說。

我說聲打擾了，進屋一看，室內陳設非常奇妙。

首先，通往廚房的客廳擺了一張巨大的沙發。背對著大廚房的餐具櫃，沒有放茶几，也沒鋪地毯，就只有那張沙發。椅套是米色的，很像電視廣告會出現的那種氣派的大沙發，全家人可以一起坐在上面看電視，旁邊通常還會有一隻日本絕對沒地方養的大狗趴著。

可以看見陽台的落地窗前，宛如熱帶叢林陳列著種在陶缽或花盆中的繽紛植物，仔細一看，室內一片花海。到處都有各式各樣的花瓶妝點著當季花卉。

「我媽說馬上從店裡回來，所以妳不妨先參觀一下屋內。需要我介紹嗎？妳通常是根據哪裡做判斷？」

雄一邊泡茶邊說。

「判斷甚麼？」

我在那張柔軟的沙發坐下。

「房子和住戶的喜好。不是常有人說看廁所就知道嗎？」

他是那種會帶著淡然微笑沉穩說話的人。

「廚房。」

我說。

「那，廚房在這裡。妳儘管看。」

他說。

他泡他的茶，我繞到他背後，仔細打量廚房。

拼木地板鋪著令人頗有好感的毯子，雄一穿的拖鞋也品質優良——廚房整齊陳列著最低限度所需的各種常用廚具。Sliverstone系列不沾鍋和德國製削皮器我家也有。偷懶的祖母，當時很高興從此可以輕鬆省事地削皮。

在小小的日光燈照耀下，安靜等待出場的餐具，晶亮的玻璃杯。乍看之下雖然東西五花八門，品質卻都異樣高級。還有似乎是烹調特殊菜色的用品……比方說海碗，或者焗烤盤，大盤子，附蓋子的啤酒杯，感覺相當不錯。徵得雄一同意後，我把小冰箱也打開參觀，只見東西放得整整齊齊，並沒有陳年過期食品。

我一邊嗯嗯有聲地讚許點頭，一邊四處張望。真是好廚房。我一眼就愛上了這個廚房。

回到沙發坐下，雄一送上熱茶。

在初次造訪的屋子，和之前很少碰面的人相向而坐，忽然頗有天涯孤獨之感。

雨幕覆蓋的夜景在黑暗中渲染暈開，我和映在大玻璃窗上的自己對上眼。

這世上，再也沒有我的骨肉至親，今後不管我要去哪做甚麼都可以，想想倒也痛快。

世界如此遼闊，闇夜如此黑暗，這無邊無際的樂趣與寂寞，是我最近第一次親身體會。我想，之前我根本是睜一隻眼閉一隻眼在看世界嘛。

「你之前說是叫我來幹嘛的？」

我問。

「我想妳大概正困擾。」他親切地瞇起眼說。「奶奶生前真的很疼我，而且如妳所見，我家還有多餘的空間。那個地方，妳得趕快搬走了吧？」

「對，現在是房東好心寬限我多住幾天。」

「所以，我看妳就住我家吧。」

他理所當然地說。

他這種既不過度熱情也不冷漠的態度，讓現在的我感到非常溫暖。不知怎地，幾乎感動得落淚。就在這時，門喀擦一聲打開了，一個大美女氣喘吁吁跑進來。

我驚訝得目瞪口呆。此人雖然看起來歲數不小，但是真的很美。從她那身日常生活不大可能出現的服裝及濃妝，我立刻猜到她應該是在風月場所上班。

「這是櫻井美影小姐。」
雄一向她介紹我。
她氣喘吁吁地以略帶沙啞的嗓音說：
「妳好。」然後嫣然一笑。「我是雄一的媽媽。我叫惠理子。」
雄一的媽媽？我驚愕得目不轉睛。及肩的飄逸直髮，丹鳳眼蘊藏的深奧光芒，形狀姣好的雙唇，高挺的鼻梁——以及整體散發出生命力躍動的鮮活光彩——簡直不像凡人。我從未見過這樣的風流人物。
我很沒禮貌地死盯著她說：
「您好。」
費盡力氣才勉強對她擠出微笑。
「從明天起請多指教喔。」她對我溫柔地說完後立刻轉向雄一，「對不起喔，雄一。我完全找不到機會溜出來，現在是用上廁所當藉口衝刺回來的。早上我比較有空，所以你先讓美影小姐留下來過夜吧。」她匆匆交代完，紅色禮服的裙擺一甩，又跑向玄關去了。
「那我開車送妳。」

雄一說。

「不好意思，都是為了我。」

我說。

「哪裡，是我沒想到店裡生意會這麼好。我才要跟妳說對不起呢，那我走囉，早上見！」

她踩著高跟鞋跑了，雄一說：「妳先看電視等我一下！」然後也追去了，剩下我一個人發呆。

——如果仔細打量的話，那個年紀該有的皺紋，以及略顯不整齊的牙齒，的確可以感到她屬於凡人的一面。即便如此，但她真的是太搶眼了。讓人想再見她一次。心中自有一團溫暖的光芒如殘影悄然閃爍，我想，這大概就是所謂的個人魅力吧。就像第一次感受到「水」是甚麼的海倫凱勒，語言文字以鮮活的姿態在眼前新鮮炸裂。我這麼形容絕不誇張，就是如此驚豔的相遇。

雄一喀啷喀啷甩著車鑰匙回來了。

「既然只能翹班十分鐘，打個電話回來不就好了嘛。」

他在門口脫鞋，一邊如此抱怨。

我依舊坐在沙發上。

「噢。」

我愣怔說。

「美影，妳被我媽嚇到了？」

他說。

「嗯，因為她太漂亮了。」

我老實招認。

「對呀。」雄一笑著走進來，在眼前的地板坐下說。「因為她有整容嘛。」

「噢。」我故作平靜說。「難怪我覺得你們長得一點也不像。」

「而且，妳看出來了嗎？」他像是真的覺得超好笑似地繼續說。「我媽是男的。」

這次，我無法再故作平靜了。我目瞪口呆地盯著他。我想大概是一直在等他接下來那句「別傻了，我開玩笑的啦」。就憑她如此纖細嬌柔的手指、動作、裝扮？想起那美麗的容貌，我不禁屏息以待，但他只是一臉促狹。

「可是。」我終於訥訥開口。「你剛才，不是一直媽媽長、媽媽短的嗎？」

「對呀，如果是妳，會喊那個人爸爸？」

他一派鎮定說。的確。這個答案非常有說服力。

「那惠理子這個名字呢？」

「假的。本名好像是雄司。」

我只覺眼前好像真的一片空白。好不容易才回過神準備傾聽，我問道：

「那麼，是誰把你生下來的？」

「那人以前的身分本來是男人。」他說。「在非常年輕的時候。所以那人結過婚喔。娶的妻子就是我真正的母親。」

「那你母親是……甚麼樣的人？」

我完全無法想像，忍不住問道。

「我也不記得了。據說在我很小的時候就死了。有照片，妳要看嗎？」

「嗯。」

見我點頭，他坐著把自己的包包拖過來，從皮夾取出一張舊照片遞給我。

那是一個長相難以形容的人。短髮，小眼睛小鼻子。給人的印象很奇妙，看不出到底幾歲……見我保持沉默。

「很怪的人吧？」

他說，我困窘地笑了。

「剛才出現的惠理子，小時候因為某些緣故被照片上這個媽媽的家裡收養，據說兩人是青梅竹馬一起長大。即便在惠理子當男人的時候相貌也很俊俏，所以好像很有女人緣，可是不知怎地偏偏看上這個長相奇怪的媽媽。」他微笑看著照片。「據說惠理子對我這個媽媽相當執著，後來就不顧養育之恩攜手私奔了。」

我點點頭。

「等這個媽媽死後，惠理子就辭去工作，抱著還很幼小的我思考今後該何去何從，然後據說就決定做女人了。惠理子說，因為自己不可能再愛上任何人了。變成女人之前好像是個非常沉默寡言的人喔。那人討厭半吊子的作風，所以從臉蛋乃至其他地方通通動了手術。之後用剩下的錢開了一家那種酒吧，把我撫養長大。這樣子，也算是一個女人獨自把小孩拉拔長大吧？」

他笑了。

「超、超厲害的一生耶。」

我驚嘆。

「她還活著啦。」

雄一說。

我該相信他的說法嗎？或者還藏著甚麼祕密？這對母子的故事聽得越多我就越迷糊。

不過，我相信廚房。況且，這對長相完全不像的母子有個共通點。笑容像神明一樣光芒四射。我認為這點非常棒。

「明天早上我不在，家裡有的妳儘管用。」

困倦的雄一抱著毛毯和睡衣，向我說明蓮蓬頭的使用方法及毛巾的位置。

聽完雄一的身世故事（超勁爆！）後，我腦袋空空的和他邊看錄影帶邊聊花店及祖母之類的話題，時間就這樣不斷流逝。此刻，已是深夜一點了。那張沙發很舒服。一坐下去就彷彿再也起不來，很軟很厚也很寬。

「你媽——」剛才我正在說。

「該不會是在家具店試坐了一下這張沙發，然後就堅持一定要買下來吧？」

「妳說對了。」他說。「那個人，向來只靠直覺生活。有能力實現那種生活方式，讓我覺得很厲害。」

「的確。」

我說。

「所以，那張沙發暫時屬於妳了。就當妳的床鋪。」他說。「東西能夠派上用場真是太好了。」

「我——」我說得相當小心翼翼。「真的可以睡在這裡嗎？」

「嗯。」

他斬釘截鐵說。

「……不好意思。」

我說。

他通通說明完畢後，道聲晚安就回自己房間去了。

我也很睏。

借用別人家的蓮蓬頭淋浴，在熱水中讓疲勞逐漸消除，我很久沒這樣思考自己到底在搞甚麼了。

換上借用的睡衣出來，走到悄然無聲的房間。打著赤腳又去廚房繞了一圈。果然是個好廚房。

然後，我走到今晚將作為臥榻的那張沙發，關燈。

落地窗前那些植物，被十樓外面的豪華夜景鑲嵌出輪廓，正在悄然呼吸。至於夜景——雨停了，夜景在飽含濕氣的透明大氣中閃閃發亮，看起來很美。

我裹著毛毯，想到今晚結果也是睡在廚房邊，不禁失笑。不過，感覺並不孤獨。或許我一直在等待。或許我一直在期待的，不過是一張能夠讓我暫時忘記過去與未來的臥榻。身邊如果有人陪伴反而只會徒增寂寥。但現在，有廚房，有植物，同一個屋簷下還有人，萬籟俱寂……太完美了。這裡，最完美。

我安心地睡著了。

我是被水聲吵醒的。

耀眼的早晨已來臨。我茫然醒來，只見廚房那位「惠理子女士」的背影。她的服裝比昨天樸素多了。

「早。」

但那反而更加突顯轉身對我打招呼的臉孔有多麼豔麗，令我霎時神智清醒。

「您早。」

我坐起來一看，她本來開著冰箱似乎很困擾。看到我後，她說：

「平時這個時間我通常還在睡，今天不知怎麼搞的有點餓……。問題是，家裡甚麼吃的也沒有。我要叫外賣，妳想吃甚麼？」

我立刻站起來。

「我來煮點東西吧？」

我說。

「真的？」說完，她又不安地說，「妳睡眼惺忪的可以拿菜刀？」

「沒問題。」

室內如玻璃溫室充滿燦爛陽光。色彩甜美的藍天一望無垠，很耀眼。

站在喜歡的廚房，那種喜悅令我神清氣爽，驀然間，我想起她是男的。

我不禁看著她。既視感如狂風驟雨襲來。

晨光中，大量灑落的晨光中，把椅墊放在這個散發草木氣息的灰撲撲屋子的地板上，躺著看電視的她，非常令人懷念。

她喜孜孜地吃著我煮的雞蛋粥和小黃瓜沙拉。

正午時分，春光明媚，外面傳來小孩在公寓中庭嬉戲的聲音。窗邊的草木沐浴在暖陽下煥發鮮豔的翠綠，遠方淡淡的藍天有微雲悠然飄過。這是一個悠哉溫暖的中午。

直到昨天早上為止，我仍無法想像與陌生人共進遲到的早餐，此刻的場景讓我深感不可思議。

沒有桌子，因此我們直接把碗盤放在地上吃。陽光穿透玻璃杯，冰鎮日本茶的碧綠在地板美麗地蕩漾。

「雄一他啊，」惠理子忽然認真看著我說。「之前就說，妳很像他以前養的儂儂，果真很像呢。」

「儂儂是？」

「一隻狗。」

「噢——。」一隻狗。

「無論是眼睛或頭髮的感覺……。昨天第一次見到妳時，我差點笑出來。真的像極了。」

「這樣啊?」雖然我想應該不至於,但儂儂如果是甚麼聖伯納之類的犬種就太傷人了。

「儂儂死掉時,雄一傷心得食不下嚥。所以他碰上妳的事也不忍袖手旁觀。但那是不是男女之情我就無法保證了。」

雄一媽媽笑得花枝亂顫。

「我很感激他。」

我說。

「聽說妳奶奶生前也很疼愛他。」

「對。奶奶非常喜歡雄一。」

「那孩子,我沒有把他時時刻刻帶在身邊照顧,所以養出很多毛病。」

「毛病?」

我笑了。

「對。」她帶著母親特有的慈愛微笑說。「情緒控管亂七八糟,處理人際關係也莫名冷淡,很多方面都不太得體……我只希望他成為善良的孩子,唯有這點拼命教育他。那孩子,心地真的很善良。」

「是，我知道。」

「妳也是善良的孩子。」

擁有男性那一面的她，此刻滿面笑容。和我常在電視上看到的紐約男同志那種柔弱的笑容很像。不過，若說她像那種男同志，她又比那些人強大太多。深邃的魅力閃閃發光，讓她一路走到今天這個樣子。我想，亡妻或兒子乃至她本人恐怕都無法阻止。她渾身散發出一股沉靜寂寥的特殊氣質。

她一邊喀嗤喀嗤咀嚼小黃瓜一邊說：

「很多人往往口是心非，但妳真的可以在這裡想待多久就待多久喔。我相信妳是好孩子，所以打從心底歡迎妳搬來。如果無處可去，在受傷的時候會很痛苦。妳就安心住下來吧。好嗎？」

她像要看進我的眼眸深處般如此鄭重強調。

「……我會交房租。」我忽然感到心頭一緊，拼命說道。「在我找到下一個住處之前，請讓我在這裡睡覺。」

「沒事，甭客氣。重點是，偶爾要再幫我煮粥喔。妳煮的比雄一煮的好吃多了。」

她說著，又笑了。

和老人相依為命，令人極度不安。老人越健康越會如此。其實奶奶在世時我倒是沒那樣想過，一直過得樂呵呵的，可是如今回想起來卻不得不這麼認為。

原來我隨時隨地都在害怕「奶奶會死掉」。

每當我回家，祖母就會從放置電視的和室出來，對我說「妳回來了」。晚歸時我總是會買蛋糕回來。就算我說要外宿或幹嘛，寬容大度的祖母也從來不生氣。有時喝咖啡，有時喝日本茶，我們邊看電視邊吃蛋糕，度過睡前的短暫時光。

待在從小到大都沒變過的祖母房間，我們閒話家常，漫不經心地聊著演藝圈八卦或當天發生的種種瑣事。雄一的事，大概也在這種時候提過。

即便正陷入熱戀，即便喝了很多酒醉得暈陶陶，在我心中，永遠惦記著我那唯一的家人。

儘管沒有任何人教我，我也很早就已察覺，在房間角落悄悄呼吸，隨時準備撲上來的那種令人悚然的靜謐，即便小孩與老人過得如何開朗樂觀，還是有無法填補的空間。

想必雄一也有同感。

究竟是在幾歲時發現，在這條黑暗又寂寞的山路中，唯一能做的就是靠自己發光發亮？明明是在關愛中長大，卻總是很寂寞。

——總有一天，人人都會在時光的無垠黑暗中化作微塵消失。

這樣的想法已滲透全身，令我時時流露這種眼神。或許雄一會對這樣的我產生牽掛也是理所當然。

……就這樣，我開始寄居生活。

我允許自己可以懶散到五月。從此，每天都輕鬆快活如在天堂。

我照常去打工，其他時間就打掃房間，看電視，烤蛋糕，過著像家庭主婦一樣的生活。

陽光與和風漸漸透入心房，這讓我非常開心。

雄一忙著上學和打工，惠理子則是晚上上班，因此家中成員幾乎從來不曾全體到齊。

起初，我不習慣睡在那麼開放的生活空間，而且為了打包行李，經常往返於舊家和田邊家之間也很累，但我很快就適應了。

一如愛上那個廚房，我也愛上了田邊家的沙發。我在沙發上嘗到安眠的滋味。聆聽花草的呼吸，感受窗簾外的夜景，總是立刻就安然沉睡。

那一刻，我想不出還能需要甚麼，因此我是幸福的。

每次都是這樣。我總是不到最後關頭不肯動彈。這次也是真的拖到最後關頭才僥倖得到這溫暖的臥鋪，我衷心感謝不知到底存不存在的神明。

有一天，我回舊家去整理還剩下的東西。

每次開門，總是悚然一驚。自我搬走後，房間完全變了個樣子。

寂靜，黑暗，死氣沉沉。照理說早已看慣的一切，居然好像別開臉對我置之不理。此刻該說的似乎不是「我回來了」而是「抱歉打擾了」，很想躡足走進去。

祖母死了，這個家的時間也死了。

我切實如此感到。我已完全無能為力。除了離開別無他法——我不由自主哼起《古老的大鐘》那首歌，一邊擦拭冰箱。

這時，電話響了。

我抱著某種猜測接起電話，果然是宗太郎打來的。

他是我的……前男友。祖母的病情惡化時，我們分手了。

「喂？美影嗎？」

那個令我想哭的懷念聲音說。

「好久不見！」可我硬是強打起精神回答。

這已經超越害羞或死要面子，似乎是一種病了。

「哎，因為妳沒來上學，我覺得奇怪，四處打聽之下才聽說妳奶奶過世了。嚇我一跳。……這段日子很不好受吧？」

「嗯，所以最近有點忙。」

「妳現在可以出來見個面嗎？」

「好。」

一邊約定，驀然抬頭一望，窗外是污濁的灰色。

可以看見流雲被強風洶湧推動。這世間——想必，沒有甚麼好悲傷的。肯定是一無所有。

宗太郎熱愛公園。

有植物的地方，開闊的景色，野外，總之他熱愛這些場所，即便在大學，他也經常待在中庭及操場邊的長椅。總之要找他就往綠蔭找，這已經成了一則校園傳說。他將來好像想從事植物方面的工作。

看來我和與植物有關的男性特別有緣。

昔日生活安穩的我，與溫和開朗的他，是那種最典型的學生情侶。基於他的喜好，就算是寒冬我倆也經常相約在公園碰面，但我遲到太多次實在不好意思，最後雙方妥協之下找到的地點位於公園旁，那家店唯一的特色就是寬敞。

而今天，宗太郎也坐在那家店內最靠近公園的位子看著外面。

玻璃窗外，只見陰霾的無垠天空下被風吹得簌簌搖晃的群樹。我鑽過女服務生之間走近他，他發現我後立刻笑了。

我在他對面坐下。

「大概要下雨了。」

我說。

「不，應該會放晴吧？」宗太郎說。「咱倆好久沒碰面，幹嘛一見面就聊天氣啊。」

他的笑顏令我安心。和真的能夠安心相處的人共享下午茶，真好。我知道他的睡相非常糟糕，也知道他喝咖啡要加很多很多牛奶與砂糖，也看過他站在鏡子前拿著吹風機努力想搞定翹起的頭髮時像傻瓜一樣認真的表情。而且，如果是以前和他真的很親密時，這時候我大概只顧著在意擦冰箱弄得右手指甲油斑剝脫落的問題根本心不在焉。

「對了，妳現在，」閒聊到一半，宗太郎像是忽然想起似地說。「聽說和田邊住在一起？」

我傻眼。

因為太驚訝，手上的紅茶杯子一歪，甚至把茶都灑到碟子上了。

「已經成了全校的熱門話題喔。超猛的，妳都沒聽說？」

宗太郎一臉困擾地笑著說。

「我連你聽說了甚麼都不知道。到底是怎樣？」

我說。

「田邊的女友——或者該說是前女友？那個人，在學生食堂打了田邊一耳光。」

「蛤？為了我？」

「好像是。因為你們兩個現在不是進展神速嗎？我是這樣聽說的啦。」

「蛤？我倒是第一次聽說。」

我說。

「可是你們不是同居了嗎？」

「他媽媽（嚴格說來並不是）也住在那裡呀。」

「啊！？不會吧！」

宗太郎大呼小叫。他這種活潑的率真個性，以前我真心愛過，但現在嫌他很煩所以只覺得超級丟臉。

「田邊那傢伙，」他說，「聽說是個怪胎。」

「我不太清楚。」我說。「我們很少碰面……也沒特別聊過。

我只是被當成流浪狗收留。

他也沒有愛上我。

況且，我跟他真的不熟。

那種感情糾紛，我也遲鈍得完全沒發覺。」

「不過，妳的喜歡或愛情甚麼的，我也不大了解就是了。」宗太郎說。

「總而言之，我替妳感到高興。那妳要借住多久？」

「不知道。」

「妳自己好好想清楚吧。」他笑了，

「好，我會留意。」我回答。

回程，我們一路穿過公園。從樹木的縫隙間，可以清楚看見田邊家的公寓。

「我現在就住在那裡。」

我指著說。

「真好。就在公園旁邊。如果是我，早上五點就會起來散步。」

宗太郎笑了。他的個子很高，我總是得仰望他。如果是這傢伙肯定會——我望著他的側臉思忖。肯定會幹勁十足地拖著我到處找新公寓，把我拽回學校上課吧。

那時候，我就是因為喜歡他那種健康的態度，心嚮往之，後來才會厭惡起無法跟上他的自己。

他是大家族的長子，他從家中不經意帶來的某種光明，曾經深深溫暖了我。

可我無論如何都不認為，自己能夠向他解釋清楚——現在，我需要的是田邊家那種奇妙的開朗，與安寧。當然也沒必要解釋，只是每次和他見面總是如此。會讓我很難過自己何以是自己。

「拜拜。」

透過我的雙眸，藏在心頭最深處的熾熱塊壘向他提出澄淨的疑問。

現在，你的心裡還有我嗎？

「妳要好好生活喔。」

他笑了，瞇起的眼眸蘊藏率直的回答。

「好，我會銘記在心。」

我回答，揮手道別。然後這份情感將從此消失在無邊無際的遠方。

當晚，我在看影片時，玄關的門開了，雄一抱著大箱子從外面回來。

「你回來了。」

「我買了文字處理機！」

雄一高興地說。最近我才發現，這家人對購物都有病態的喜好。而且是大手筆買昂貴的物品。主要是電器用品。

「那很好啊。」

我說。

「妳有沒有甚麼需要打印的東西？」

「我想想喔——」

我正在盤算是否該叫他幫我打印歌詞時，

「對了。不如我幫妳打搬家通知吧？」

雄一說。

「有沒有搞錯！」

「對呀，在這個大都市，難道妳打算沒住址沒電話地生活？」

「可我想到下次搬家時又得重新通知就覺得麻煩。」

我說。

「呿！」

他看起來似乎很掃興，我只好改口說：

「那就拜託你了。」

可是之前的話題浮現腦海。

「欸，但這樣會不會不太好？不會給你添麻煩嗎？」

我問。

「會有甚麼麻煩？」

他是真的覺得很不可思議地愣住了。如果我是他女朋友，肯定也要賞他一巴掌。我忘記自己的立場，霎時對他產生反感。由此可見，我就是這麼不瞭解。我是說，對他這個人。

我已搬到下列住址。

新的地址與電話如下。

東京都××區××3—21—1

〇〇公寓1002號

×××—××××

櫻井　美影

我忙著把雄一打在明信片上的這幾行字一張張列印出來（不出所料，這個家果然也藏著影印機），寫上收件人的姓名。

雄一也跟著幫忙。他今晚好像很閒。這點也是我最近發現的，他非常討厭閒著沒事幹。

透明安靜的時光，伴隨寫字聲點點滴滴落下。

外面呼呼吹著暖風，如春天的狂嵐。夜景似乎也隨之搖晃。我不勝感慨地一一寫下友人們的姓名。忍不住還是把宗太郎從名單剔除了。晚風很強。依稀似可聽見樹木與電線搖晃的聲音。我閉上眼，支肘撐在小小的折疊桌上，遙想我聽不見的街景。這屋子為何會有這種桌子，我不清楚。據說只憑直覺生活，買下這張桌子的她，今晚也去店裡上班了。

「別睡。」

雄一說。

「我沒睡著。」我說。「我其實超喜歡寫搬家通知。」

「啊，我也是。」雄一說。「遷居啦，或是從旅行地點寄的明信片，我都超喜歡。」

「對呀，不過，」我鼓起勇氣再次挑戰。「這明信片會不會又引起風波，害你在學生食堂被女孩子呼巴掌？」

「原來妳從剛才就是在說這個啊？」

他苦笑。那坦蕩蕩的笑容令我心頭一緊。

「所以你老實說沒關係。這陣子你們肯收留我，我就已經很滿足了。」

「說甚麼傻話。」他說。「那麼，這只是明信片遊戲嗎？」

「明信片遊戲是甚麼意思？」

「我也不知道。」

我們都笑了。於是，話題又這麼扯遠了。那種過度的不自然，就連遲鈍的我也終於發現了。如果仔細看他的眼睛，就會發現。

他其實很傷心。

之前宗太郎提過。田邊的女友抱怨，交往了一年還是完全不了解田邊，已經受不了了。她說田邊只懂得把女孩子當成鋼筆一樣去欣賞。

我沒有愛上雄一，所以很清楚。鋼筆在他和他女友心目中的質與量，全然不同。這世上或許真有人愛鋼筆愛得要死。這點，非常可悲。不過，只要沒有墜入情網，就會知道。
「沒辦法。」雄一似乎很在意我的沉默，頭也不抬地說。「完全不是妳的錯。」
「……謝謝。」
不知怎地我向他道謝。
「不客氣。」
他說著笑了。
此刻，我感覺自己已稍微摸到他的脈絡了。在同一個屋簷下住了快一個月，頭一次摸到他的脈絡。一不留神，說不定哪天還會愛上他。我如此暗想。一旦戀愛，永遠全力衝刺是我以往一貫的做法，但就像此刻從陰霾的天空可以窺見的星星，或許會隨著每次這種對話的增加，一點一滴慢慢喜歡上他。
可是——我邊動手邊想。可是，我得離開這裡了。
顯然是因為我住在這裡，他們才會分手。自己到底有多堅強，是否現在立刻就能重回獨居的生活，我完全沒把握。可是話說回來，我想，還是得盡快，真的是得盡快離開了……我邊寫搬家通知自己都覺得矛盾……。
我得盡快搬走。

這時，吱的一聲，門開了，抱著大紙袋的惠理子走進來把我嚇了一跳。

「妳怎麼回來了？不用去店裡？」

雄一轉頭問她。

「我馬上就去！你們知道嗎，我買了果汁機耶。」

惠理子從紙袋取出大箱子，開心地說。我心想，又來了。

「所以我先把東西放回來。你們可以先用用看。」

「妳打個電話給我，我過去拿不就好了。」

雄一一邊拿剪刀剪繩子一邊嘀咕。

「沒事，這點小意思。」

俐落解開包裝後，出現一台好像甚麼都可以打成汁的超炫果汁機。

「我想喝點鮮果汁應該可以讓皮膚變得更水潤。」

惠理子一臉喜孜孜，很期待地這麼說。

「妳已經年紀大了，喝了也沒用啦。」

雄一看著說明書說。

眼前的二人實在是太平淡地進行普通母子的對話，讓我頭暈目眩。簡直像《神仙家庭》[2]的劇情。在極度不正常的背景設定中，居然還能過得如此開朗。

「哎呀，美影在寫搬家通知啊？」惠理子探頭湊近我的手邊。

「正好。祝妳喬遷之喜。」

她說著，遞給我一個用紙團團包裹的紙包。打開一看，是繪有香蕉圖案的漂亮玻璃杯。

「妳可以用那個喝果汁。」

惠理子說。

「用來喝香蕉汁或許不錯。」

雄一一本正經說。

「哇！我好喜歡。」

我幾乎喜極而泣地說。

搬走時，我會把這個杯子帶走，而且搬走後我也會一再上門煮稀飯。

我沒說出口，只是默默這麼想。

這是一只非常非常珍貴的杯子。

翌日，是我正式將舊家退租的日子。終於全都收拾乾淨了。我動作很慢。這是個異樣晴朗的午後，無風無雲，金色暖陽穿透了曾是我的故鄉如今卻已空無一物的屋子。

我去拜訪房東，為我慢吞吞的搬家致歉。

就在我小時候常去的管理室，喝著大叔泡的茶聊天。他也老了呢。我不勝感慨地想。如此說來奶奶也的確到了過世的年紀了。

一如以前祖母經常坐在這張小椅子喝茶，現在，我坐在這張椅子上，喝著茶，談論天氣和本區的治安，感覺很詭異。

毫無真實感。

——不久之前發生的種種，不知怎地來勢洶洶從我面前奔馳而過。被愕然拋下的我，竭盡全力也只能慢半拍地應付。

我絕對不想承認所以必須聲明，跑走的不是我。絕對不是。因為我對那一切只

2《神仙家庭》（*Bewitched*）：六〇年代美國的喜劇影集，女主角是仙女卻嫁了凡人丈夫，引發各種趣事。

有由衷的悲傷。

全都收拾乾淨的房間射入陽光，那裡，有以前住慣的家的味道。廚房的窗子，友人的笑容，宗太郎側臉的後方可以看見大學校園的蓬勃綠樹，深夜的電話彼端祖母的聲音，寒冷早晨的被窩，走廊響起的祖母拖鞋聲，窗簾的顏色……榻榻米……大鐘。

那一切。已經無法再留在那裡的一切。

離開時已是傍晚。

淡淡的昏黃暮色降臨。開始起風了，有點冷。我任由薄外套的下擺翻飛，等待公車。

公車站牌的馬路對面是高樓的成排窗戶，此刻正浮現漂亮的藍光。在其中走動的人們，上上下下的電梯，全都悄然發亮似乎要溶入薄暮中。

最後一批行李就在我兩腳旁。想到這次真的將是孑然一身，不禁有種欲哭無淚的古怪興奮。

公車彎過轉角駛來。在眼前緩緩停止，人們列隊絡繹上車。

公車上人很多。我倚靠抓吊環的那隻手，凝視暮色逐漸消失在遙遠的高樓彼方。

目光停留在正要悄悄移過天際的一彎新月時，公車起動了。

每次公車猛然煞車就有點煩躁，證明自己已累壞了。一再暗自燥怒的我，不經意向外一看，遙遠的天邊飄著飛船。

飛船迎著晚風，正在緩緩移動。

我很高興，目不轉睛地盯著。飛船閃爍小燈，如淡淡月影劃過長空。

這時，坐在我前面的小女孩後方的老奶奶小聲對她說話。

「妳看，小雪，是飛船。快看啊。很漂亮喔。」

長相神似應該是孫女的小女孩，大概是因為路上塞車公車又擠所以心情很壞，當下扭身氣呼呼地說：

「誰要看！那根本不是飛船。」

「這樣啊。」

老奶奶穩如泰山，依舊笑咪咪回答。

「怎麼還沒到！我睏了！」

小雪還在繼續鬧彆扭。

臭小孩！我也累了，不禁在心中暗罵。不可以對老奶奶那樣惡聲惡氣喔。否則妳會後悔莫及。

「好好好，馬上就到了。妳看，看後面。媽媽正在睡喔。小雪要去叫她起來嗎？」

「啊，真的。」

小雪轉頭望向睡在後方老遠位置的母親，終於破顏一笑。

真好。

我暗想。老奶奶說話好慈祥，笑起來的小女孩突然顯得好可愛，令我羨慕不已。我再也沒有那種機會了……。

我不太喜歡「再也沒有」這個傷感的字眼，和它對今後各種可能性的否定。不過，當下忽然萌生的「再也沒有」的沉重與晦暗，有種難以忘懷的震懾力。

我對天發誓，真的只是淡淡地茫然閃過這種念頭，至少我自認是。站在公車上，視線不由自主繼續追逐遠方天際漸去漸遠的小飛船。

然而，驀然回神才發現，淚水竟潸然滑過臉頰落在胸前。

傻眼。

我甚至懷疑自己壞掉了。就像爛醉如泥的時候，明明不干己事，眼淚卻像水龍頭似的嘩嘩流個不停。隨即我羞愧得滿臉通紅。連我自己都能感到臉發燙。我慌忙下了公車。

目送公車的背影遠去，我不假思索鑽進昏暗的巷道。

然後，我被自己的行李包圍著，蹲在暗巷中放聲大哭。這是有生以來第一次如此號泣。熱淚不停湧出的當下，我想起自從祖母死後其實沒怎麼哭過。

此刻並非有甚麼傷心事，好像就只是想為種種事情落淚。

驀然回神，只見頭上亮著燈光的窗子冒出白色蒸汽在黑暗中格外顯眼。豎耳靜聽，屋內傳來熱鬧的工作聲，鍋子聲，餐具聲。

——是廚房。

我的心情從無可救藥的晦暗轉為豁然開朗，抱頭不禁笑了一下。我站起來，拍拍裙子，邁步走向今天預定要返回的田邊家。

神啊，請保佑我好好地活下去。

好睏。我對雄一招呼一聲，回到田邊家立刻鑽進被窩。

這是異常疲憊的一天。不過，痛哭一場讓我變得輕鬆多了，舒適的睡意降臨。

哇，真的已經睡著了！腦袋一隅隱約聽見來廚房喝茶的雄一驚呼的聲音——似乎是。

我做了一個夢。

我正在刷洗今天退租的那個房子的廚房流理台。

說到什麼最讓我懷念，就是地板的黃綠色……住在那兒的時候超討厭那個顏色，搬走之後卻格外眷戀。

做完搬家的準備，無論是櫃子裡或推車上，按照夢中的設定都已空無一物。不過實際上，這些東西本來就早已清空了。

驀然回神，雄一正在我後面拿著抹布擦地板。這真的幫了我很大的忙。

「休息一下喝杯茶吧。」

我說。因為室內空曠，聲音格外響亮。感覺很寬敞，無限寬敞。

「嗯。」

雄一抬起頭。在別人家，而且是已經搬走的家，用不著這麼賣力地揮汗擦地板吧……我心想。此舉頗有他一貫的作風。

「這就是妳家的廚房啊——」

他坐在地上的坐墊，一邊喝我端來的茶——茶壺已經打包收起來了，所以是直接用杯子泡的茶——一邊說道。

「以前想必是不錯的廚房吧？」

「嗯，沒錯。」

我說。至於我自己，是像茶道一樣雙手捧著飯碗喝茶。猶如置身玻璃櫃般靜謐。仰望牆壁，只有時鐘的印痕。

「現在幾點了？」

我問，

「大概是深夜吧。」

雄一說。

「你怎麼知道？」

「因為外面很黑，很安靜。」

「那我等於是趁夜搬家潛逃。」

我說。

「之前還沒說完。」雄一說。「妳已經打算離開我家了吧？別走。」

之前根本沒提過這件事！我驚訝地看著雄一。

「妳似乎以為，我也像惠理子一樣過得很隨興，但我叫妳來我家，其實是經過審慎考慮的。妳奶奶一直很擔心妳，而且最了解妳的心情的，想必是我。不過，我也知道，等妳打起精神，恢復真正的活力後，就算我攔妳，妳還是會走。只是，妳現在應該還不行吧？因為妳沒有親人可以讓妳明白目前的脆弱，所以我代替他們照顧妳。我媽賺的錢就是用來在這種時候揮霍的。不只是為了買果汁機。」他說著笑了。

「妳就儘管住下來吧。別急。」

他簡直是秉持說服殺人犯自首的那種誠意，定睛直視我，淡定地一字一句訴說。

我點點頭。

「……很好，那就繼續擦地板吧。」

他說。

我也拿著要洗的杯子起身。

洗杯子時，我在水聲之間聽見雄一輕哼的歌聲。

～月光的影子　別碰碎了它

輕輕將小船　停泊在海岬～

「啊，那首歌我知道。叫甚麼來著的。我還滿喜歡的。是誰的歌來著？」

我問。

「呃——菊池桃子。超級洗腦的神曲。」

雄一笑了。

「對對對！」

我刷洗流理台，雄一擦地板，同時跟著一起唱。深夜裡，我們的歌聲響徹安靜的廚房，很快樂。

「這段我特別喜歡。」

我說著唱出第二段的開頭。

遙遠的——

燈塔——

旋轉的燈光——

二人的夜晚——

好像樹梢篩落的陽光——

我倆都很興奮，大聲反覆歌唱。

∫遙遠的燈塔　旋轉的燈光

二人的夜晚　好像樹梢篩落的陽光……

驀然間，我脫口而出：

「啊，這麼大聲唱歌，會吵醒睡在隔壁的奶奶。」

說完，才感到尷尬。

雄一似乎比我更尷尬，他背對我擦地板的手完全停下了。然後，他轉過頭露出有點困窘的眼神。

我不知所措，只能用傻笑敷衍。

惠理子女士溫柔養大的兒子，在這種尷尬時刻，頓時化身為王子。他說：

「等這裡收拾好了，回家的時候，順路去公園的麵攤吃碗拉麵吧。」

然後我醒了。

就在深夜的田邊家沙發……看來我這種夜貓子果然不適合早睡。好怪的夢……。我暗自想著，一邊起身去廚房喝水。忽然覺得心很冷。雄一媽媽還沒回來。已經二點了。

夢中的感覺依舊鮮明。聽著水花噴濺在不鏽鋼水槽的聲音，我茫然思索，不如來刷洗流理台吧。

這是個寂靜又孤獨的深夜，靜謐得幾乎可以讓耳朵深處聽見星星在天上移動的聲音。乾巴巴的荒蕪心田，緩緩滲入一杯水。有點冷，只穿了拖鞋的雙腳顫抖。

「晚安。」

雄一突然走到我後面出聲，把我嚇了一跳。

「你、你幹嘛？」

我轉頭。

「忽然醒了，有點餓，想煮拉麵吃……」

和夢中截然不同，現實中的雄一睡眼惺忪臉皺得很醜地如此說道。我的臉哭得浮腫也很醜，

「我幫你煮，你去坐著。坐我的沙發。」

我說。

「噢，坐妳的沙發。」

他說著搖搖晃晃在沙發坐下。

在這黑夜中浮現的陋室燈光下，我打開冰箱。切蔬菜。就在我喜愛的這個廚房——驀然間，我想到拉麵倒是個奇妙的巧合，於是背對著雄一，隨口開玩笑說，

「剛才我在夢中也聽見你說要吃拉麵。」

結果，他毫無反應。我以為他又睡著了，轉身一看，雄一正驚愕地瞪大雙眼注視我。

「不、不會吧！」

我說。

雄一喃喃咕噥：

「妳舊家的廚房地板，是黃綠色的嗎？」他說。「啊，這可不是腦筋急轉彎別有暗示喔。」

我忍俊不禁，然後欣然接受。

「剛才謝謝你幫我擦地板。」

我說。大概是因為女人總是比較容易接受這種事吧。

「我醒了。」他說，似乎很懊惱自己反應慢半拍，「希望這次妳不是又用杯子泡茶。」他說著笑了。

「那你自己泡。」

我說。

「啊，對了。用果汁機打果汁吧！妳也喝吧？」他說。

「嗯。」

雄一從冰箱取出葡萄柚，興沖沖地從箱子取出果汁機。

而我，就在深夜的廚房，聽著果汁機發出轟隆巨響製作二人份的果汁，一邊煮拉麵。

好像是很驚人的事，又好像是微不足道的小事。好似奇蹟，又好似理所當然。

不管怎樣，且將這份訴諸言詞就會消失的淡淡感動藏在心頭。今後的日子還長。在每個來臨的夜晚與清晨中，說不定哪天又會有這樣的一瞬化為夢境。

「要當個女人也不容易呢。」

某個傍晚，惠理子突然說。

我從正在看的雜誌抬起頭，狐疑地「啊」了一聲。美麗的雄一媽媽正利用上班前的短暫時光替窗口的植物澆水。

「我是看妳好像有發展的潛力，所以忽然有感而發。我也是在養育雄一的過程中漸漸明白這點的。真的也會有很多很多痛苦呢。真正想獨立生活的人，最好養點甚麼東西。比方說小孩啦，盆栽啦。這樣的話，就會明白自己的侷限。一切都從那裡才開始喲。」

她用歌吟般的調子，訴說她的人生哲學。

「想必吃了不少苦吧。」

我感動地說。

「對呀，不過人生如果沒有真正絕望過，不知道真正無法割捨的是自己哪個部分，就算長大了也無法懂得真正的快樂喔。我很慶幸自己不是那樣。」

她說。及肩的秀髮飄逸搖晃。討厭的事情多得數不清，路途艱險得令人不忍直視……會這麼想的日子太多太多了。就連愛，也無法拯救一切。然而沐浴在黃昏的夕陽中，此人正用纖細的手替草木澆水。透明的水流，彷彿形成一輪彩虹，而她沐浴在那光輝甜美的光芒中。

「我好像能理解。」

我說。

「我很喜歡美影率直的心。想必，撫養妳長大的奶奶也是個了不起的人。」

雄一媽媽說。

「我以奶奶為榮。」

我笑了。

「真好。」

她的背影也笑了。

就連這裡，也不可能一直待下去——重新瀏覽雜誌的我暗忖。雖然這個念頭讓我有些暈眩難過，但那是明顯的事實。

遲早我會在別的地方懷念這裡吧。

抑或，有一天又會站在同一個廚房？

可是現在，這個實力派的媽媽，和那個眼神溫柔的男孩子，與我在一起。這才是重點。

我會繼續長大，經歷各種事情，一次又一次陷入最低潮。痛苦一次又一次捲土重來。但我不會認輸。不會放棄。

夢中廚房。

想必今後還會擁有許許多多那樣的廚房。在心中，在真實生活中。或者，在旅途中。一個人，一群人，也許二個人，在我足跡所到之處，必然會擁有許多那樣的廚房吧。

滿月

滿月　キッチン2

秋天結束時，惠理子死了。

她被一個瘋子糾纏，遭到殺害。那個男人起先是在街頭發現惠理子，對她產生興趣，跟蹤她後赫然發現她上班的地方是同性戀酒吧。當他得知美麗佳人竟是男兒身大受打擊，不僅寫長信給她，還開始整天泡在店裡。他越糾纏，惠理子和店裡員工的態度就越冷淡，因此他破口大罵說他們瞧不起人，某晚竟猝然持刀行凶。惠理子血流如注仍不忘雙手抓起放在吧台上當裝飾的鐵製啞鈴反擊，當場打死了兇手。

「……這叫做正當防衛，算是扯平了吧？」

據說，這就是她生前最後一句話。

……我得知此事時，已是冬天了。直到這一切都已結束很久，雄一才打電話通知我。

「那傢伙，堂堂正正戰死了。」

雄一劈頭就這麼說。時間是深夜一點。暗夜響起電話鈴聲，跳起來接電話的我當下一頭霧水，完全不懂他在說甚麼，昏昏沉沉的腦袋朦朧浮現戰爭電影的場景。

「你是雄一？怎麼了？你在說甚麼？」

我再三追問。片刻沉默後，雄一說：

「我媽……啊，應該說爸爸才對吧，被人殺死了。」

我聽不懂。完全無法理解。見我沉默屏息，雄一像是其實很不情願似地開始一點一滴告訴我惠理子的死亡。

我越發難以置信，兩眼發直，話筒在一瞬間變得好遠。

「那是……甚麼時候的事？剛剛發生嗎？」

我自己都不大清楚是從哪發出聲音、在講甚麼，就這麼渾渾噩噩開口問道。

「……不，已經是前段時間的事了，店裡的人也辦完了小小的喪禮……對不起。無論如何，我就是無法告訴妳這件事。」

我感到心頭好像被挖掉一塊肉。如此說來她已不在人世了。如今，已經哪都不在了。

「對不起，真的對不起。」

雄一反覆道歉。

電話甚麼都無法傳達。我看不見雄一。他現在是想哭，想大笑，還是想好好長談，或者想自己一個人靜一靜，我完全不知道。

「雄一，我現在過去找你。我可以去吧？我想和你當面談。」

我說。

「嗯，晚點我送妳回家，所以妳安心過來吧。」

雄一還是用無法解讀出任何情緒的首肯方式，如此說道。

「那就待會見。」

我說著，掛斷電話。

——天啊，我與惠理子最後一次見面是幾時來著？當時是笑著道別的嗎？腦中的思緒紊亂。我斷然輟學成為烹飪研究家的助理是在今年初秋。之後，我立刻搬出了田邊家。祖母死後我變成孤兒的那半年，在田邊家與雄一，以及他那個其實是男人的媽媽惠理子一起生活。……我搬走時，那大概就是最後一次見面吧。當時惠理子掉了幾滴眼淚，還說我的新住處不遠所以叫我周末常回來玩。……不對，上個月底還見過。對了，就在深夜的超商，就是那時候。

我夜裡睡不著跑去全家超商買布丁，結果在門口看到正好剛下班的惠理子，和她店裡那些其實是男人的女孩子喝著紙杯裝咖啡吃關東煮。我喊了一聲：「惠理子！」她拉起我的手，笑著說，「哎喲，妳搬走之後變瘦了欸。」當時她穿著藍色洋裝。

我買完布丁出來，只見惠理子一手拿著紙杯，眼神凌厲地望著黑暗中燈火輝煌的街頭。我開玩笑說，惠理子現在的神情很有男子氣概喔。惠理子聽了，倏然笑顏如花，嬌嗔說，「討厭，咱家這丫頭老是虧我，大概是到了青春期開始要叛逆了。」我說，「我已經是成年人了。」她店裡的女孩子都笑了。然後……對，她說，「改天記得來我家玩喔。」啊呀太好了，當時是笑著道別的。那就是最後一面。

找出旅行用的迷你牙膏牙刷和洗臉毛巾到底花了幾分鐘？總之我已心神大亂。我把抽屜開開關關，一下子打開廁所門，一下子碰倒花瓶只好擦地板，不停在屋裡像沒頭蒼蠅似的走來走去，最後等我發現自己手上甚麼也沒拿時，忍不住笑了一下，我閉上雙眼，告訴自己必須冷靜。
把牙刷和毛巾放進包包，一再確認瓦斯已關緊，電話答錄機也開啟後，我腳步踉蹌走出公寓。
驀然回神時，眼下場景已變成沿著冬天的夜路走向田邊家的我。叮鈴噹啷甩著鑰匙走在星空下，眼淚開始源源不斷湧出。道路和腳下，乃至寂靜的街頭，看起來似乎都熾熱扭曲。立刻感到一口氣喘不上來，幾乎窒息。於是我拼命試著深吸冷風，卻也只感到一縷細細的風鑽入胸口。藏在眼眸深處的銳光被風掠去，似乎漸漸冷卻。
向來不經意映入眼簾的電線杆與路燈與停放的汽車，乃至漆黑的夜空，此刻全都模糊難以辨識了。一切都在熱氣後面如輕紗美麗地扭曲發光，猛然逼近眼前。我感到，自己的能量洶湧自全身噴發不可阻擋。它咻咻發出聲音消失在暗夜中。
爸媽死時我還是小孩。祖父死時，我正在戀愛。祖母死去我成了孤兒，然而比起當時，我感覺現在更孤獨。
我恨不得從此不再邁步前進，不再活下去。但明日一定會來，後天一定會來，下星期也一定會來。我從沒想過那有如此麻煩。屆時自己八成還是活在悲傷黯淡的心情中吧，想想就打從心底厭煩。明明內心狂風暴雨，表面卻照樣淡定地行走夜路，這樣的自己令我很鬱悶。

我想趕快做個了斷，對了，只要見到雄一好歹就有個了斷了。只要向雄一問明詳情就行了。但是，問了又如何？那有甚麼用？只不過是黑暗中不再下著冷雨的程度罷了。毫無希望。那不過是匯入絕望洪流的晦暗涓滴細流。

我心情黯淡地按下田邊家的門鈴。不知不覺我竟然沒搭電梯就這麼一路走樓梯抵達十樓，因此這時已氣喘吁吁。

我聽見雄一踩著熟悉的節奏走向門口。借宿這裡時我經常忘記帶鑰匙，晚上不知按過多少次門鈴。每次都是雄一爬起來，然後就會響起解下門鏈的聲音。門開了，略顯消瘦的雄一探出頭。

「嗨。」

他說。

說著「好久不見」，我不由自主露出笑容，這讓我自己也很開心。我誠實地打從心底欣喜能夠見到雄一。

「我可以進去嗎？」

我對站著發呆的雄一說，他這才驚醒似地露出無力的微笑，說：

「嗯，那當然……不是啦，我本來已有心理準備，以為妳肯定會很生氣，所以有點驚訝。對不起。快進來吧。」

「我啊，」我說。「絕不可能為這種事生氣。你明明知道的。」

雄一有點勉強地露出一如往常的笑容，嗯了一聲。我回以微笑，脫下鞋子。

不久前還住過的屋子，就算起初莫名地忐忑不安，也會很快習慣那個氣味，湧現獨特的熟悉感。我深深窩進沙發，正在感慨萬千時，雄一端咖啡過來了。

「我好像好久沒來了。」

我說。

「是啊，妳正好在忙嘛。工作如何？好玩嗎？」

雄一溫和地說。

「嗯。現在樣樣都新鮮。削個芋頭皮都覺得好玩。就是這樣的時期。」

我微笑著回答。這時，雄一把杯子一放，忽然切入正題。

「今晚，腦袋第一次恢復正常運作。我心想不能不通知妳，現在就得通知。於是打電話給妳。」

我擺出傾聽的姿勢，傾身向前凝視雄一。雄一開始娓娓道來。

「從她死亡到舉行喪禮的那段日子，我整個人已經糊塗了。大腦一片空白，兩眼發黑。那個人，於我而言是唯一的室友，是母親，也是父親。打從我記事起就一直是這樣，所以我比自己以為的更混亂，光是該處理的事就有很多，每天都糊里糊塗地就這麼過去了。妳也知道，她的死法頗有她一貫作風，並不尋常，畢竟涉及刑事案件，兇嫌的甚麼妻子小孩都出面了，店裡的女孩子也人心惶惶，我必須稱職地扮演好長子的角色。至於妳，我一直惦記著。是真的。我一直都惦記著妳。但我就是提不起勇氣打電話給妳。如果通知妳，我害怕一切就會變成真的。換言之，我的父親兼母親真的那樣死掉了，我真的成了孤兒。可是話說回來，她對妳而言也是非常親近的人，現在想想，居然沒通知妳簡直是太過分了。我當時一定瘋了吧。」

雄一凝視手上的杯子，喃喃囈語似地敘述。我凝視深受打擊的他，「在我們的周遭，」我不禁脫口說出這樣的感想。「好像老是充滿了死亡呢。我的爸媽，爺爺，奶奶……生下你的母親，現在又加上惠理子，真是厲害。雖說宇宙浩瀚，但是恐怕也找不出像我倆一樣的人。我們能夠結為好友若是偶然那真是太厲害了。……死亡，遍地死亡。」

「嗯。」雄一笑了。「我們兩個，或許可以開店做生意，專門在想死的人附近生活。美其名曰『消極的殺手』。」

那是彷彿會發光的寂寞又開朗的笑容。夜色漸漸深了。我不禁轉頭，凝望窗外美麗的夜景流光璀璨。從高處俯瞰的街景被光點勾勒出輪廓，車流化為光河滔滔流過黑夜。

「我終於變成孤兒了。」

雄一說。

「我可是第二次了——當然這並非炫耀。」

我笑著這麼一說，雄一的眼中忽然簌簌落下淚珠。

「我一直想聽妳開玩笑。」雄一抬起手臂抹眼睛說。「真的，想聽得不得了。」

我伸出雙手，緊緊摟住雄一的腦袋說，「謝謝你打電話給我。」

我從惠理子的遺物中，拿走了她生前常穿的紅毛衣當紀念。

因為我想起，某晚惠理子曾叫我試穿這件毛衣，後來她抱怨：氣死人了，真不甘心，這衣服這麼貴，結果美影穿起來比我更好看。

然後，雄一把據說是她偷偷放在梳妝台抽屜的「遺書」交給我，說聲晚安就回他自己的房間去了。留下我獨自看那封遺書。

雄一：

給自己的孩子寫信感覺挺奇妙的。但是最近，我感到生命有點危險，所以為了預防萬一，我還是決定寫這封信。哎，我開玩笑的啦。改天咱倆一起拿出來看，當個笑話吧。

不過，我告訴你，你想想看。萬一我死了，你就無依無靠了。會變得和美影一樣。到時你就不能笑話人家了。我們可沒有親戚喔。當初和你母親結婚時就已斷絕關係，等我變成女人時，我輾轉聽說他們還咒罵我，所以你千萬別跟爺爺奶奶聯絡。懂嗎？

雄一，這世上有各式各樣的人。有人寧可生活在黑暗泥沼中讓我難以理解。有人故意做出別人嫌惡的事，企圖引人注意，因此反而把自己逼上絕路，我無法理解那種心態。就算對方再怎麼掙扎痛苦也毫無同情的餘地。因為我可是使出渾身解數一直活著很開朗。我是美麗的。我光彩照人。就算招惹到別人，就算那是非我本意的爛桃花，我也認了，把那當成是美麗必須繳納的稅金。所以，哪怕我被人殺了那也是意外喔。你別胡思亂想。你要相信在你面前的我。

我本來努力希望至少這封信能夠用男人的語氣寫，可是好奇怪。我害羞得寫不下去。我一直以為就算這樣長期扮演女人，依然在某部分保有男性的自我、真正的自我，我以為這只是角色扮演。可是，原來我已經身心都成了女人，成了名符其實的母親。真好笑。

我愛我的人生。無論以前身為男性，或者與你母親結婚，在她死後變成女人過日子，把你撫養長大，和你一起快樂生活……啊，還有收留美影！那段日子最快活。我忽然好想見美影。她也是我心愛的孩子。

唉，現在心情好感傷。

代我向美影問好。記得告訴她，千萬別在男生面前漂白腳毛。那樣太難看了。你應該也這麼想吧？

隨信附上的，是我的全部財產。反正文件甚麼的你肯定看不懂吧。記得跟律師聯絡。不管怎樣，總之除了那間店以外的東西通通屬於你。當獨生子不錯吧？

惠理子

我看完後，把信紙又照原來的樣子默默折好。惠理子的香水味若有似無，令我哀痛不已。這種香味，終有一天，就算再打開這封信也聞不到了。我想，這才是最教人難受的。

我懷抱著之前住在這裡時睡沙發的懷念之情，在苦澀的沙發躺平。

夜色如常，照樣降臨這個屋子，窗邊的植物剪影俯瞰夜晚的街景。

即便如此，就算再怎麼等待，她也不會回來了。

黎明前，輕哼的歌聲與高跟鞋的聲音越來越近，隨即是鑰匙開門聲。從店裡下班歸來的她總是帶著微醺發出各種噪音，於是我惺忪醒來。聽著淋浴聲，拖鞋聲，燒水的聲音，我非常安心地再次墜入夢鄉。每次都是這樣。好懷念。令人幾乎發瘋的懷念。

我的哭聲，不知睡在對面房間的雄一是否聽見了。抑或，他現在也在凝重痛苦的夢中？

這個小故事，在這悲傷的夜裡揭開序幕。

翌日，我倆醒來時，已是下午了。我今天休假所以邊啃麵包邊瀏覽報紙，這時雄一從房間出來了。他洗完臉在我旁邊坐下，邊喝牛奶邊說，「待會去學校看看好了……」

「所以說當學生就是輕鬆。」

我說著，把麵包分了一半給他。雄一說聲謝謝接下麵包，默默咀嚼。二人對著電視這樣做，好像真的變成孤兒，心情怪怪的。

「妳呢？今晚要回家嗎？」

雄一站起來說。

「嗯——」我思考。「吃完晚飯再回去吧。」

「哇，烹飪專家做的晚餐！」雄一歡呼。

那似乎是個非常積極正向的好主意，因此我當下認真了。

「好，那就來個豪華大餐吧。我會盡我所能發揮廚藝。」

我熱心思考豪華菜單，把材料全都寫在紙上塞給他。

「你開車去。把這上面的東西通通買回來。這些都是你愛吃的，所以你要對晚餐抱著最大的期待早點回來喔。」

「哇塞，好像我老婆。」

雄一嘀嘀咕咕抱怨著走了。

關門的聲音響起的同時，終於剩下我一個人，這才發現自己累壞了。室內安靜得感覺不到分秒刻畫的時間，那種靜止的氛圍甚至讓我很慚愧自己還活著。

人死後的房子總是如此。

我茫然窩在沙發，凝望大窗外，初冬的灰色陰霾覆蓋街頭。

這個小城的所有部分，公園，道路，都無法支撐那如霧滲透的冬季凝重冷空氣。被壓迫得無法呼吸。我如此覺得。

偉大的人物光是存在便大放光明，照亮周遭人們的心靈。當那人消失時，也會落下絕望的沉重陰影。或許惠理子只能算是小小的偉大，但她畢竟曾在這裡，如今消失了。

我無所事事地躺著，遂又倦怠地回想起，白色天花板曾經拯救過我。就在祖母剛過世後，我經常獨自在雄一與惠理子外出的下午這樣凝望天花板。祖母死了，我覺得失去世上最後一個血親的我簡直糟透了。而且，我確信再沒有比這更糟糕的事，沒想到人外有人天外有天。惠理子竟在我心中占據了重要地位。……雖說的確有所謂的好運或厄運，但任憑命運擺佈未免太天真。就算這麼想，痛苦也不可能有絲毫減少。察覺這點之後，雖然我很猥瑣地變成一個可以容忍普通生活與倒楣事同時並存的成年人，但的確比較容易生存了。

正因如此，此刻心情才會如此沉重。

微微染上橙紅的暗雲開始在西方天空擴散。很快的，寒夜就要緩緩降臨。滲入心靈的空洞。——我睏了，卻不由脫口說出：

「現在睡著的話會做惡夢。」

於是我又爬起來。

之後，我決定先去久違的田邊家廚房看看。惠理子的笑容霎時浮現腦海，令我心口一緊，但我想活動一下身體。總覺得這個廚房最近或許都沒人使用過。有點髒，有點暗。我開始清掃。拿去污粉刷水槽，擦拭瓦斯爐台，洗微波爐的托盤，磨菜刀。把抹布全部洗淨晾起來，看著烘乾機轟隆隆旋轉，我感到心情果真漸漸清明。為何我會如此深愛與廚房有關的一切？真不可思議。彷彿鏤刻在靈魂記憶的遙遠憧憬般眷戀不捨。只要站在這裡，一切都會回到原點，一切都會回來。

今年夏天我專心自學料理。

那種感覺，彷彿腦細胞隨之活躍增殖，有點難忘。

我買了包括基礎、理論與應用的三本烹飪大全，一一試做。在公車上或窩在沙發床上就閱讀理論篇，背誦熱量與溫度還有素材。而且只要有空就下廚煮菜。那三本幾乎已被我翻爛的書迄今仍在手邊珍藏。就像小時候喜愛的繪本，每一頁的色彩都歷歷如在眼前。

當時雄一和惠理子每次都說，美影完全瘋了，嗯。實際上我的確像瘋子一樣整個夏天都在煮菜、煮菜、煮菜。我把打工賺的錢全部砸進去，做壞了就繼續練習到成功為止。有時生氣，有時暴躁，也有時反而是滿懷溫情地烹調。

如今想想，我們三人也因此經常一起吃飯，共度美好的夏天。

晚風透過紗窗吹入，望著窗外淡藍色炎熱天空的殘影，我們吃燙豬肉片和中華涼麵還有西瓜沙拉。為了不管我煮甚麼都誇張地開心捧場的她，也為了默默進食的大食量的他，我努力烹飪。

我費了一番功夫才學會做加了很多料的蛋包飯、外觀美麗的燉煮什錦菜，還有天婦羅。我的瓶頸在於個性馬虎，作夢也沒想到對於製作正統料理而言，這種個性會造成那麼嚴重的負面影響。比方說，等不及溫度完全上升，水分沒有全部瀝乾就烹煮，這些我以為只是小事，卻反映在成果的色澤與外型上，讓我大吃一驚。照這樣看來，我煮的東西充其量只是一般家庭主婦的水準，絕對不夠格成為彩色食譜上的精美範本。

無奈之下，我開始用心地仔細執行每個步驟。大碗擦拭乾淨，調味料的蓋子每次用完都蓋緊，冷靜思考烹調程序，煩躁想抓狂時就停下來深呼吸。起初急躁得絕望，但是忽然念頭一轉全部從頭來過時，我發現，簡直連自己的個性都改了！當然那是不可能的啦。

現在，我能夠成為烹飪老師的助手，其實好像很不容易。老師不僅開設教室，也活躍於電視及雜誌，是很有知名度的女性，所以我被錄取的那次，報名應徵的人數好像也相當多。這是我事後聽說的。……剛入門的自己，才學習一個夏天就能進入這種場所讓我感到非常幸運，隱約有點沾沾自喜，但是看到那些來教室學烹飪的女人，我終於恍然大悟。她們和我，似乎在根本上心態就有所不同。

她們活得很幸福。不管怎麼學習都被教育不可踰越那個幸福之域。想必，她們擁有慈愛的父母。而且不知道甚麼是真正的快樂。哪種人生比較好，由不得人去選擇。每個人生來就已注定要那樣生活。所謂幸福，就是可以盡量不用去感到自己其實孑然一身。我想，若是我也能那樣就好。穿上圍裙露出如花笑顏，上烹飪課，盡情地為愛情煩惱迷惘然後步入結婚禮堂。我想，這樣的人生就很好。美麗又溫馨。尤其是當我異常疲倦，或者心情鬱悶，寂寞的夜晚到處打電話可朋友全都不在時，我會忍不住厭惡自己的人生，無論是出生背景或教養乃至其他一切。我對一切都悔恨不已。

然而就在那個幸福的夏天，那個廚房。

即使被燙傷或割傷我也完全不害怕，儘管熬夜也不覺辛苦。每天，想到明天又可以繼續挑戰我就興奮地充滿期待。已經熟練到可以將製作程序倒背如流的胡蘿蔔蛋糕，融入了我的精魂，在超市發現的鮮紅番茄，我愛之如命。

我就這樣發現了快樂，再也無法回頭。

無論如何，我都希望繼續意識到「自己有一天會死」這件事。否則我無法感到真正活著。所以，就變成了這樣的人生。

彷彿黑夜中緩緩走在聳立的斷崖邊緣，終於來到國道時不禁鬆了一口氣。一邊想著已經受夠了一邊仰望月光時，那種滲透心扉的美麗，我懂。

打掃乾淨做完開伙的事前準備，已經入夜了。

門鈴響起的同時，雄一抱著大塑膠袋痛苦地推開門露出腦袋。我連忙走到玄關。

「太誇張了。」

雄一說著，重重放下袋子。

「怎麼了？」

我問。

「把妳吩咐的東西全部買齊後，我一個人根本拿不回來。太多了。」

是喔，我點點頭，起初還想裝無辜袖手旁觀，但雄一好像真的生氣了，我只好陪他一起下樓去停車場。

車上還有二個巨大的超市購物袋，光是從停車場拿到入口就已費盡力氣。

「不過，我也買了一些自己需要的東西啦。」

雄一抱著比較重的那一袋說。

「你買了甚麼？」

我說著探頭一看，我抱的袋子裡除了洗髮精和筆記本之外，還有大量的冷凍調理包。原來如此，可以窺知他最近的飲食生活。

「……那你來回多跑幾趟就行了嘛。」

「可是，如果妳下來幫忙一趟就能搞定了。妳瞧，月亮很美喔。」

雄一拿下巴指著冬季天空的月亮。

「是啊，美得冒泡。」

我奚落他，走進玄關時，忍不住又轉頭瞄了一眼月亮。月光非常亮，幾乎接近滿月。

雄一在緩緩上升的電梯說：

「想必還是有關吧。」

「你說甚麼？」

「看到月亮很漂亮之類的，會影響料理的成果吧？我不是指看到月亮就想煮月見烏龍麵[1]那種間接的影響。」

叮，電梯停止，我的心，瞬間變成真空。我邊走邊說：

「是更本質的關聯？」

「對對對。人性上的。」

「那當然有關。絕對有。」

我不假思索說。如果這是「百人猜謎」會場，想必叫嚷「有有有」的聲音已如怒濤響徹四方。

「果然是啊。哎，我一直認為妳會成為藝術家，我自以為是地認定，對妳而言那門藝術肯定就是烹飪。原來如此。妳是真的喜歡下廚啊。果然。太好了。」

雄一頻頻點頭，自行達成結論。最後，他的聲音低得幾乎是在喃喃自語。我忍不住笑他。

「你像小孩一樣。」

剛才的真空，忽然化作文字掠過腦海。

「只要有雄一在我就別無所求」

那雖只是電光石火的瞬間，我卻異常困惑。因為太強烈的光芒幾乎令我眼花。

---

1 月見烏龍麵：上面打一個生雞蛋的烏龍麵，形似滿月，故名之。

我的心滿滿的。

我花了二小時煮晚餐。

期間，雄一不是看電視就是削馬鈴薯皮。他的手特別靈巧。

於我而言，惠理子的死依舊遙遠。我無法正面接受。那是從驚愕的暴風雨彼方慢慢接近的晦暗事實。而雄一，已在滂沱大雨中如弱質垂柳被打擊得直不起腰。

所以，儘管我倆在一起也沒有特意談論惠理子的死，雖然對時間與空間的感覺越來越混亂，但現在只有我倆。沒有其他也沒有未來，教人安心的空間感覺很溫暖。而且，我不太會形容，但我覺得必然會有後續效應。那是一種巨大且可怕的預感。那種巨大，反而在這孤獨的黑夜中讓二個孤兒心情激昂。

夜色深得透明時，我們開始吃做好的大量晚餐。生菜沙拉、派、奶油濃湯、可樂餅、油豆腐、燙青菜、涼拌雞絲粉條、基輔炸雞、咕咾肉、燒賣……各國料理混雜，但我們不以為意，耗費大量時間喝著葡萄酒把菜全部掃光。

雄一似乎難得喝醉了，我正奇怪他怎麼才喝一點就醉了，驀然朝地板一看，地上躺著一支空酒瓶把我嚇了一跳。似乎是在晚餐做好前他就自己喝光的。難怪會喝醉，我哭笑不得地問他：

「雄一，這是你剛才一個人喝光的？」

他仰臥在沙發上，一邊啃著西洋芹，一邊嗯了一聲。

「從你的臉色完全看不出來耶。」

我這麼一說，雄一忽然露出異常悲傷的表情。我暗想，醉鬼真難搞，

「你怎麼了？」

我問，雄一神色認真說：

「這一個月來，大家一直這麼說我，這句話聽了就心痛。」

「『大家』是指大學的同學們？」

「嗯。」

「你這一個月一直在喝酒？」

「嗯。」

「難怪你提不起精神打電話給我。」

我笑了。

「電話看起來在發光。」他也笑著說。「醉醺醺地走夜路回來，電話亭看起來不

是特別明亮嗎？在漆黑的路上，即便大老遠也看得特別清楚。我心想，啊啊，等我走到電話亭那邊，應該給美影打電話，她的電話號碼是×××－××××，我找出電話卡，都已經走進電話亭了。可是，想到自己現在在哪裡，準備跟妳說甚麼，我就突然受不了，不想打電話了。回家之後倒頭躺下，就夢見妳在電話中哭著生氣。」

「哭著生氣的只是想像中的我吧。實際做起來比想像中容易吧？」

「嗯，突然變得好幸福。」

雄一八成自己也不知道自己在說甚麼，他用非常困倦的聲音有一搭沒一搭地繼續說。

「美影即使我媽不在了還是來了，就在我眼前。本來我已做好心理準備，知道妳就算一氣之下跟我絕交，也怪不得旁人。想起那時候三人一起住在這裡的美好時光實在太難受，我以為妳再也不會見我了。……我從以前就喜歡讓客人睡在我家的沙發上。床單漿洗得潔白，明明是自己的家卻好像在外旅行。……最近，我很少正常吃東西，好幾次都想自己煮點吃的。但是食物也會發光。吃掉了就消失了，對吧？我懶得麻煩，所以拼命喝酒。如果能夠好好說明，美影或許不會走，願意留在這裡。至少有可能聽我傾訴。我害怕自己期待著那種幸福。非常害怕。如果我抱著期待，美影卻憤怒拒絕，那我真的會被孤伶伶推落到黑夜裡的無底深淵。這種感情，我沒自信也沒那個毅力能夠向妳解釋清楚。」

「你真的就是這種小孩。」

我的語氣雖憤怒，眼神卻流露哀憫。歲月橫亙在我倆之間，猶如心電感應，立刻降臨深刻的理解。這種複雜的心情，眼前這個大醉鬼似乎也感應到了。雄一說：

「今天要是永不結束該多好啊。真希望長夜永無止盡。美影，妳就繼續住在這裡算了。」

「要我住下來也行。」我心想反正這是醉鬼在胡言亂語，於是盡量溫柔地說：「問題是，惠理子已經不在了喔。如果我倆一起住，那你是把我當女人看待？還是當成朋友看待？」

「乾脆賣掉沙發買張雙人床吧。」雄一笑了，然後相當誠實地說：「我自己也不知道。」

他這種異樣的誠實，反而打動我的心。雄一繼續又說：

「我現在甚麼都無法思考。妳對我的人生而言算是甚麼？我自己今後會如何轉變？和過去又會有甚麼不同？這些事情我通通都沒概念。當然可以慢慢想，可我現在這種精神狀態，根本無法有像樣的思考，所以我無法決定。我得趕快脫離這種困境。我只想盡快脫離。現在不能把妳捲進來。就算我倆一起待在死亡的中心點，妳也不會快樂。……說不定只要我倆在一起，永遠都會是這樣。」

「雄一，用不著一口氣想那麼多。船到橋頭自然直。」

我有點想哭，對他這麼說。

「嗯，肯定明天醒來就忘了。最近我老是這樣。持續不到第二天。」

雄一躺在沙發上趴著這麼說完後，喃喃咕噥：傷腦筋……。室內在夜色中一片寂靜，彷彿在聆聽雄一的聲音。這間屋子似乎也對惠理子的消失一直很困惑。夜更深了，沉重地逼近。讓人感到沒有任何東西可以分享。

……我與雄一，偶爾會在某個漆黑的暗夜爬上窄梯的最高處，一同探頭窺視地獄懲罰罪人的鍋釜。幾乎令人暈眩的熱氣撲面而來，我們凝視鮮紅冒泡的火海咕嘟咕嘟沸騰。陪在身旁的，明明是這世上比任何人都更親近、更無可取代的朋友，可我倆卻沒有手拉手。因為我們天生如此，即便在怎麼徬徨無助也堅持要靠自己的雙腳站穩。然而，看著他被火光照得亮煌煌的不安側臉，我每每在想，說不定這才是唯一的真實。就日常定義我倆並非男女關係，但就太古的古老定義而言，我們是真正的男與女。不過，不管怎樣那個場所都太糟了。不是人與人可以紡織和平的場所。

——又不是在觀落陰。

我認真幻想到這裡時忽然冒出這個念頭，不禁失笑。我們看起來大概像是一對凝視著地獄的大鍋企圖自殺的男女吧。因此，二人的戀情也會下地獄。——喂，好老套啊，這麼一想就止不住笑意。

雄一躺在沙發上就這麼陷入沉睡。他的睡臉看起來似乎覺得比我先睡著是種幸福。替他蓋上被子他也文風不動。我盡量不發出水聲地清洗大量碗盤，忍不住淚水泉湧。

當然不是因為一個人洗這麼多碗盤感到委屈，而是因為，在這寂靜得令人發麻的孤寂深夜中，我被獨自遺棄。

翌日我有工作要中午上班，因此設定了鬧鐘，滴滴滴的吵死了……伸手去按才發現是電話。我抓起話筒。

「喂？哪位？」

幾乎是說話的同時，我猛然想起：「啊，這是別人的家！」於是慌忙又補上一句「這是田邊家」。

結果電話喀擦一聲就被掛斷了。啊，八成是女孩子打來的……睡意惺忪的腦袋覺得很抱歉，一看雄一，他還在呼呼大睡。算了管他的，我念頭一轉，洗臉刷牙後悄悄走出田邊家去工作。至於今晚是否要回這裡，我打算用整個白天慢慢煩惱。

抵達職場。

大樓的這一整層，都屬於老師所有，有教學用的烹飪教室和拍照用的攝影棚。老師正在辦公室校閱文章。她還很年輕，廚藝高明，擁有出色品味，是個八面玲瓏的女性。今天看到我也嫣然一笑，摘下眼鏡開始分派我工作內容。

下午三點開始的烹飪班，事前準備工作很辛苦，因此今天我只要幫忙做完那個就可以下班了。好像另外有人擔任主要助手。那麼，就在傍晚前盡快完成工作吧……正在暗自躊躇之際，緊接著就接到一個天降及時雨似的指令。

「櫻井小姐，後天我要去伊豆地區採訪。預計住三晚，臨時通知不好意思，妳可以跟我一起去嗎？」

「伊豆？是雜誌的工作？」

我驚訝地說。

「對……其他女孩子都沒空。企劃內容主要是介紹各家旅館的知名美食，也會稍微說明烹調方法，妳覺得怎麼樣？可以住一流的旅館和飯店喔。會替妳訂單人房……希望妳盡快給我答覆，我看這樣吧，今天晚上……」

老師還沒講完我就回答了。

「我去。」這才真是所謂的二話不說。

「太好了。」

老師笑著說。

走向烹飪教室的途中，我突然發現心情變輕鬆了。現在離開東京，離開雄一，暫時出遠門，似乎是個好主意。

一開門，只見比我早來一年的助理前輩小典和小栗已在忙著準備。

「美影，伊豆的工作妳聽說了嗎？」

小栗一看到我就說。

「真好，聽說還有法國大餐。想必也有很多海鮮。」

小典說著微笑。

「對了，這種好差事怎麼會輪到我？」

我問：

「不好意思喔，我們兩個都預約了高爾夫球課，所以不能去。啊，不過美影妳如果也沒空，那我們其中一人就請假。欸，小栗，這樣可以吧？」

「嗯，所以美影妳老實說沒關係。」

二人都是衷心體貼地為我著想，因此我笑著搖頭，

「沒事，我完全不介意。」

我說。

這二人據說是被同一所大學一起介紹進來的。當然，她們都學了四年的烹飪，很專業。

小栗開朗活潑又可愛，小典給人的感覺則是美麗的千金小姐。二人感情非常好。總是穿著品味優雅令人瞠目的好衣服，舉手投足賞心悅目。她們的態度低調，親切，有耐心。即便在烹飪界為數頗多的大家閨秀之中，這二人煥發的光彩也是貨真價實。

有時，小典的媽媽會打電話來，態度溫柔客氣得令人惶恐。她視若尋常地完全掌握小典的每日行程也令我很驚訝。難道世上的媽媽都是這樣的？

而小典，總是撫著輕飄飄的長髮略帶微笑，聲如銀鈴地與母親講電話。

即便他們的人生與自己差了十萬八千里，我還是很喜歡這二人。

他們就算只是我幫忙拿個勺子，都會笑著對我說謝謝。我如果感冒了，他們立刻會擔心地問我要不要緊。二人穿著白圍裙在光中吃吃笑的樣子，彷彿感人熱淚的幸福畫面。與她們一起工作，對我來說，是非常安心快樂的體驗。

把材料按照人數一一分到碗中，煮大量的滾水，計量，三點之前要做的瑣碎工作相當多。

這個窗子大量射入陽光的大房間，陳列著附帶烤箱與微波爐及瓦斯爐台的大桌，令人想起學校的家政教室。我們一邊閒聊八卦，一邊開心地工作。

就在二點過後，突然有人用力敲門。

「是老師嗎？」

小典歪頭納悶地說：

「請進？」

她細聲請對方進來。

小栗突然叫嚷：「啊，我忘了擦掉指甲油。鐵定會挨罵！」就在我彎身想從皮包找去光水給她之際。

門開的同時，響起女人的聲音。

「請問櫻井美影小姐在嗎？」

猝然被點名，我驚訝地直起身子。站在門口的，是個陌生的女人。

五官仍有點稚氣。我猜年紀應該比我小。個子很矮，渾圓的眼珠犀利。黃色的薄毛衣外面是茶色外套，腳上是米色包鞋，站得很穩。腿有點粗，不過給人的感覺堪稱性感，全身都很圓潤。窄額頭整個露出，瀏海也吹整得很有型。渾圓的輪廓中，看起來只有紅唇憤怒地噘起。

給人的感覺倒是不討厭……我有點苦惱。看了半天還是對她毫無印象，可見此人的出現非比尋常。

小典與小栗不知所措，躲在我後面看她。無奈之下只好由我開口：

「不好意思，請問妳是哪位？」

「我姓奧野。我有話跟妳說。」

她用沙啞高亢的嗓音說。

「很抱歉，我現在要上班，請妳晚上再打電話到我家好嗎？」

我話才剛說完，她就語氣很衝地頂回來：

「妳是指田家邊嗎？」

我終於明白了。她八成就是今早打電話的人。我當下確信，說：

「並不是。」

小栗說：

「美影，妳先走沒關係。我會跟老師說妳因為臨時要出遠門所以去買東西了。」

「不，用不著。我講完馬上就走。」

那個女人說。

「妳是田邊雄一的朋友嗎？」

我盡量心平氣和地問。

「對，我是他的大學同學。……今天我是來求妳的。我就坦白講吧。請妳不要再去招惹田邊。」

她說。

「那應該由田邊自己決定。」我說。「就算妳是他的女友，我想應該也沒這個權力越俎代庖。」

她氣得滿臉通紅說：

「可是，妳不覺得這樣很奇怪嗎？妳說不是他的情人，卻坦然自若地去他家，在他家過夜，未免太自私了吧。比起同居，妳那樣更惡劣。」她的淚水幾乎奪眶而出。「和與他同居的妳比起來，我的確不夠了解田邊，只是他的同班同學。但我一直關注他，也喜歡他。他最近碰上母親過世，深受打擊。很久之前，我曾經向田邊告白。那時候，田邊說溜嘴提到，『美影她……。』我問他，『那是你的女友嗎？』他遲疑地否認，說他暫時無法答覆我。但他家有女人住進去已經成了全校皆知的新聞，所以我只好對他死心。」

「我已經不住在那兒了。」

她打斷我像是故意打岔的發言，繼續說下去。

「可是，就是因為妳完全推卸身為女友的責任。只知一味貪圖戀愛的樂趣，田邊才會變成態度曖昧的半吊子。就因為妳擁有纖細的手腳與一頭長髮，以充滿女人味的姿態在他眼前晃來晃去，他才會變得越來越狡猾。每次都那樣子吊人家胃口若即若離，想必對妳很方便吧。但是，談戀愛這碼事，不是應該要費心去照顧對方嗎？妳卻推卸那種責任，冷眼旁觀，還擺出一副甚麼都知道的姿態……真是夠了！請妳離開田邊。算我求妳。只要有妳在，田邊哪裡都去不了。」

她對人性的看法雖然傾向朝自己有利的方向解釋，但那種言語的暴力正確戳中了我的痛處，令我心裡非常受傷。見她張口似乎還想繼續說，我急忙喊道：

「停！」她嚇得閉上嘴。我說：

「妳的心情我可以體會，但是，每個人活在世上，都得自己照顧自己的心情。……妳剛才說了半天，完全沒有顧及我的心情。頭一次見面的妳，憑甚麼知道我就甚麼都沒想？」

「妳為什麼可以講話這麼冷酷？」

她淚眼婆娑地反問我。

「那，就憑妳這種態度，也敢說妳一直喜歡田邊？真不敢相信。趁著他母親過世，妳立刻就跑去過夜勾引他，這種手段太卑鄙了。」

我的心中，充滿難堪的悲傷。

雄一的母親曾經身為男人的過往歷史，以及我被他家收留時是處於甚麼精神狀態，我和雄一現在是多麼複雜、脆弱的關係，這些她通通不想知道。她只不過是雞蛋裡挑骨頭存心來找碴。明知那樣並不能讓她的戀情稱心如願，她還是在早晨那通電話後立刻調查我，找到我的工作地點，查出地址，從某處大老遠搭乘電車跑來。那一切，是多麼可悲又無藥可救的黑暗作業啊。當我想像在莫名其妙的怒火驅使下闖入這屋子的她腦中在想些甚麼，還有她每天的心情，我不禁衷心感到哀傷。

「我自認還沒有那麼麻木不仁。」我說。「我也同樣處於親友剛過世不久的悲痛中。而且，這裡是我工作的地方。如果妳還想繼續說——」

本來，我想叫她打電話到我家，但我脫口而出的話是：

「我搞不好會哭著拿菜刀砍妳喔，這樣妳也不在乎嗎？」

連我自己都覺得講這種話很丟臉。她狠狠瞪我一眼。

「我想說的已經說完了。告辭。」

她冷冰冰地撂下這句話，蹬蹬蹬大步走向門口。然後砰的發出巨響甩上門，就這麼走了。

這場針鋒相對的會面，就這麼難堪地結束了。

「美影，妳絕對沒有錯。」

小栗來到我身邊擔心地說。

「嗯，那個人怪怪的。我想應該是嫉妒讓她變得有點不正常。美影，妳要打起精神來。」

小典也湊近我，溫柔地看著我說。

我呆站在午後陽光照耀的烹飪教室，內心不由苦笑。

我的牙刷和毛巾都還放在田邊家，因此傍晚我又回到田邊家。雄一好像出去了不在家。我自行煮了咖哩，自己吃飯。

對我而言，在這裡煮飯吃飯，果然是自然得不能再自然的行為，我再次茫然咀嚼這個自問自答的結論，這時雄一回來了。「你回來了。」我說。他似乎甚麼都不知情，而且也沒有任何過錯，但我就是無法直視他的眼睛。「雄一，我後天臨時有工作要去伊豆。所以，我之前家裡亂七八糟的就出門了，我想收拾一下再去旅行，所以今天要回家。啊，鍋裡還有咖哩，你可以吃。」

「噢，這樣啊。那我開車送妳回去吧。」

雄一說著笑了。

——車子發動。街景流逝。只要五分鐘，就會抵達我的公寓。

「雄一。」我說。

「嗯？」

雄一握著方向盤問。

「呃——那個，不如去喝杯茶吧？」

「妳不是急著想回家收拾行李嗎？我是無所謂啦。」

「沒事，我現在超想喝茶。」

「那就走吧。要去哪喝茶？」

「嗯——啊，有了，那個美容院樓上的紅茶專賣店，就去那家吧。」

「那裡已經出了市區很遠欸。」

「沒事，我就是想去那裡。」

「好，那就去吧。」

雖然他一頭霧水，還是非常體貼。大概是看我心情脆弱，此刻就算我說要立刻去阿拉伯看月亮，他大概也會一口答應。

那家位於二樓的小店非常安靜又明亮。四面白牆，暖氣火力十足。我倆在最靠裡面的位子相向坐下。店內沒別的客人，幽微流淌電影配樂。

「雄一，仔細想想這好像是我們第一次進咖啡店吧？簡直太不可思議了。」

我說。

「真的？」

雄一瞪大雙眼。他喝我討厭的伯爵茶這種臭臭的茶。我想起田邊家的深夜經常瀰漫這種像香皂一樣的香味。萬籟俱寂的深夜中，我用最小的音量看電視時，雄一就會走出房間泡茶。

太過不確定的時間與心情中，五感被刻劃了種種歷史。雖不重要卻無可取代的種種記憶，驀然在這冬天的咖啡屋重現心頭。

「我印象中好像老是跟妳在大口喝茶，所以沒想到這竟是第一次，不過被妳這麼一說還真的是呢。」

「對吧？很怪吧？」

我笑了。

「好像一切都欠缺真實感。」雄一銳利的眼眸凝視桌上當裝飾的檯燈燈光說。

「大概是太累了吧。」

「那還用說，當然。」

我帶著些許驚訝說。

「美影在奶奶過世時也很累吧？如今回想起來，印象特別深刻。比方說看電視時，我隨口說『剛才那是甚麼意思』，朝沙發上的妳抬頭一看，結果妳完全放空在發呆……妳那時不是經常這樣一臉茫然嗎？現在，我總算理解了。」

「雄一，我覺得，」我說。「你現在能夠保持冷靜，沉著且條理分明地跟我說話，讓我非常開心。說不定甚至近似於為你感到驕傲。」

「妳幹嘛，講話像英翻中似的彆扭。」

雄一在燈光下微笑。深藍色毛衣的肩膀晃動。

「是啊……如果有我——」我本來想說，如果有我能做得儘管說，想想還是作罷。我只盼望，在這樣明亮溫暖的場所對坐啜飲美味熱茶的記憶，能夠化為印象中的微光稍微拯救他。

言語永遠太露骨，會把這種微光的重要性完全抹滅。

走出店外，澄藍的夜幕已低垂。空氣冷得刺骨。

上車時，他總是先拉開副駕駛座的車門讓我上車後才鑽進駕駛座。

車子發動，我說：

「這年頭，會替女士開車門的男人已經不多了，搞不好是很酷的行為喔。」

「我是被惠理子女士教育的。」雄一笑著說。「如果我不這樣做，她就會氣得死不肯上車。」

「可她明明就是個男的。」我也笑了。

「對對對，明明就是個男的。」

砰。

沉默如布幕驟然落下。

街頭已是華燈初上。停車等紅燈時，從擋風玻璃前走過的人們無論是上班族或粉領族，無論是老是少，看起來全都光鮮亮麗。這是眾人在靜謐寒冷的夜幕中，穿著毛衣或大衣形色匆匆趕往某個溫暖場所的時刻。

……這時，我忽然想到雄一也替之前那個可怕的女孩子開過車門，頓時莫名其妙地感到安全帶勒得我喘不過氣。然後我才恍然大悟，噢，原來這就是嫉妒嗎？我不禁愕然。就像幼童學習疼痛，我第一次發現。失去惠理子後，我倆一直這樣漂浮在晦暗的空中，奔跑在光河中即將迎向一個高峰。

我懂。從空氣的顏色、月亮的形狀、此刻的夜空之漆黑便能感知。高樓大廈與路燈也正寥落發出光芒。

車子在我的公寓前停下。

「那，我等妳帶伊豆名產回來。」

雄一說。他現在要獨自回那個屋子去了。想必一進門就會立刻給花草澆水吧。

「可能還是會買鰻魚派吧。」

我笑著說。路燈的燈光微微照亮雄一的側臉。

「鰻魚派？那個在東京車站的販賣部就有賣。」

「那……不然就是買茶葉吧。」

「嗯——山葵醬菜如何？」

「啊？那個我不敢吃啦。那玩意好吃嗎？」

「我也只愛吃山葵醃漬鯡魚卵。」

「那我就買那個好了。」

我笑了，推開車門。

溫暖的車內，突然灌入刺骨的寒風。

「好冷！」我尖叫。「雄一，好冷好冷好冷好冷。」然後用力抓著雄一的手，把臉埋在他的胳膊。毛衣帶有落葉的味道很暖。

「伊豆那邊想必會比較溫暖。」

說著，雄一幾乎是反射性地用另一隻手抱住我的頭。

「妳說要去多久來著的？」

他保持那個姿勢問。聲音直接從胸口傳來。

「四天三夜。」

我悄悄推開他說。

「我想到時候心情應該已經變得比較好了，那樣的話，我們就再出來喝茶吧？」

雄一看著我笑了。我嗯了一聲，下車朝他揮手。

今天發生的不愉快，姑且就當沒這回事吧。

我目送車子遠去默默思忖。

我贏了她或輸給她，又有誰能判定。誰的地位最好，除非能夠來個全盤總計，否則誰也不知道。而且世上並沒有那個打分數的標準，尤其在如此寒夜中，我更是不懂。完全沒概念。

關於惠理子的回憶，有一件事最悲傷。

在窗邊養了一大堆植物的她，買回來的第一盆植物是鳳梨。

記得是這麼聽說的。

「當時正是寒冬喔。」

惠理子說。

「美影，那時候我還是男人呢。

雖然算是型男，卻是單眼皮，鼻子有點塌。因為那時還沒去整形。當時的長相，我自己都想不起來了。」

那是個有點涼的夏天黎明。雄一外宿不在家，惠理子帶著客人給的肉包從店裡下班回來。我照例正忙著邊看白天錄下來的烹飪節目邊做筆記。藍色黎明的天空，自東方緩緩開始發亮。「難得有這機會，趁現在吃肉包吧？」惠理子說著，把包子放進微波爐泡了茉莉花茶，開始娓娓道來。

我有點吃驚，但我猜想，她大概是在店裡遇到不愉快的事，於是昏昏欲睡地傾聽。她的聲音彷彿在夢中響起。

「——以前，我是說雄一的媽媽死掉的時候。不是我，是生下那孩子，當時還是我妻子的那個人，她罹患癌症。那時病情已經漸漸惡化了。因為我們很相愛，我硬是把雄一塞給鄰居照顧，每天去醫院看她。我那時在公司上班，所以上班前和下班後一直陪在病床邊。星期天也會帶雄一一起去，但雄一那時還太小，根本不知道發生了甚麼事。……那時候懷抱的渺小希望，現在我確信分明都是絕望。每天過得黑暗無比。不過當時自己倒是沒甚麼感覺，這想必也足以證明日子過得有多麼絕望吧。」

惠理子彷彿在談甚麼甜美回憶般低垂眉睫。藍色空氣中，她看起來美得驚心動魄。

「有一天，我妻子忽然說：

『希望病房裡有點活的東西。』

她說，最好是生氣蓬勃的、與太陽有關的，那就是植物吧，植物最好。買一個大盆栽，這樣用不著費心照顧。於是，平日很少提出要求的妻子這麼一撒嬌，我當下喜孜孜飛奔到花店。那時還很男性化的我根本不認識甚麼垂榕或非洲菫，只覺得仙人掌沒甚麼意思，於是就買了鳳梨。因為那玩意結了小小的果實，比較好認。我抱到病房後，她非常高興，一再跟我說謝謝。

等她的病情到了末期，陷入昏睡的三天前，突然在我臨走的時候說，可以把鳳梨拿回家嗎？她的外表看起來沒那麼嚴重，而且我當然沒告訴她得的是癌症，可她完全像是交代遺言似的低語。我嚇了一跳，跟她說就算枯掉了也沒關係，先放在這兒就好。可是妻子哭著求我說，她不能替鳳梨澆水了，叫我在這來自南方熱帶的植物感染死氣之前帶回家。我拗不過她，只好帶回家了。用抱的。

我一個大男人居然哭得涕淚縱橫，所以天氣冷得要命卻不敢搭計程車。那或許是我第一次覺得不想再當男人了。不過，等我稍微冷靜下來，走到車站後，我在小酒館喝了一杯，這才搭電車回家。晚上月台沒甚麼人，只有冷風吹過。鳳梨尖銳的葉片抵著我的臉頰，我抱緊盆子顫抖——茫茫人海中，今晚只有我與鳳梨互相理解。我衷心這麼感到。閉上雙眼，在寒風中依偎取暖，唯有這二個生命同樣寂寞。……曾經比任何人更理解我的妻子，如今，比起我或鳳梨，她已選擇與死神為友。

之後妻子很快就死了，鳳梨也枯萎了。是我不懂得怎麼養植物，澆太多水了。我把鳳梨塞到院子角落，雖然無法說出口，但我其實很明白。一旦說出來非常簡單。世界並非以我為中心。所以，碰上不愉快的機率絕對不會變。我們無法自己做主。因此在別的方面最好乾脆點，盡量快活一點。……於是我變成女人，成了現在這個模樣。」

當時的我，雖然聽懂了那番話的意思，卻沒有切實感受，我記得當時心裡還想，「快樂，原來就是這麼回事嗎？」可是現在，我已透徹明白得幾乎反胃。人為何如此毫無選擇？即使像螻蟻一樣卑微慘敗，還是照樣煮飯吃飯睡覺。心愛的人全都逐一死去。可我們還是必須活下去。

……今晚又是漆黑的暗夜，令人窒息。人人在這夜裡各自與沮喪凝重的睡眠對抗。

翌晨天氣晴朗。

早上做好旅行準備後，正在洗衣服，電話響了。

十一點半？這個時間來電很奇怪。

我納悶地接起電話。

「啊，美影？好久不見！」

高亢沙啞的聲音叫道。

「知佳？」

我驚訝地說。電話是在外面打的，充滿嘈雜的車聲，但她的聲音清晰傳入我耳中，讓我想起她的模樣。

知佳是惠理子店裡的領班，同樣是女裝的男同志。以前經常來田邊家過夜。惠理子死後，她就繼承了那家店。

雖然稱為「她」，但是和惠理子比起來，不可否認的是，知佳給人的印象絕對是個漢子。但知佳的五官很適合化妝，身材纖細高䠷，特別適合華麗的晚禮服，身段非常柔軟。有一次搭乘地下鐵時被小學生戲弄掀她裙子，嚇得她哭個不停，她是個很膽小的人。雖然不太想承認，但是和她在一起時我總覺得自己比她更像男人。

「妹子，我現在人在車站，妳能不能出來一下？人家有話跟妳說喔。妳吃過午餐了嗎？」

「還沒。」

「那妳現在就來更科麵店！」

知佳匆匆說完就掛斷電話。沒辦法，我只好放下晾到一半的衣服匆忙出門。

我快步走在陽光燦爛毫無陰霾的冬季正午街頭。走進知佳指定的那家位於站前商店街的蕎麥麵店，只見她穿著全套運動裝這種可怕的國民服裝邊吃炸油渣蕎麥麵邊等我。

「知佳。」

我走近喊她。

「哎喲——好久不見！妳變得好有女人味，害人家都不敢接近了啦。」

她大聲說。

來不及害羞，懷念已先滲入心扉。她那種無拘無束、彷彿在說無論去哪都不會羞愧的笑容，僅此一家別無分號。知佳堆出滿面笑容看著我。我有點難為情地大聲要了一碗雞肉寬麵。店裡的大嬸匆匆忙忙過來，砰地放下一杯水。

「妳要跟我說甚麼？」

吃麵的時候我忍不住問道。

她每次有事找我時通常沒甚麼好事商量，所以這次我以為八成又是那樣，但她向要吐露天大的祕密般囁嚅。

「我要說的，是小雄啦。」

我的心撲通一跳。

「那孩子，昨天深夜跑來店裡嚷著：『啊——睡不著！』還說心情不好叫我陪他出去散散心。啊，妳可別誤會喔。我從那孩子這麼一丁點大時就認識他了。我們絕對沒有曖昧關係喔，是母子關係，是、母、子。」

「我知道啦。」

我笑著說。知佳又說：

「我嚇了一跳。我這人很笨所以通常不太了解別人的心情……但那孩子應該是個死都不肯在別人面前示弱的孩子吧？就算會流淚，也絕對不會撒嬌使性子。可他昨天卻纏著我不肯罷休，一直叫我陪他去散心。他看起來無精打采的好像會就此消失。我是真的很想陪他，可是現在店裡正在重整。大家也都還驚魂未定，我實在走不開。我再三跟他解釋我身不由己，結果他垂頭喪氣說，這樣啊，那他自己去好了。我還介紹了我認識的旅館給他。」

「……嗯，嗯。」

「我當時開玩笑說，『找美影一起去嘛！』真的只是開玩笑喔。結果小雄聽了，一本正經說，『那傢伙要去伊豆工作。而且，我不想把她繼續捲進我的家庭了。現在她本來過得好好的，那樣對她不好。』我一聽，當下靈光一閃。妳說，那應該是愛情吧？沒錯，絕對是愛情啦。妹子，阿雄住宿的旅館地址和電話我都知道喔，欸，美影，妳追過去找他，上了他吧！」

「知佳——」我說。「我明天就要出遠門去工作。」

我很震驚。

雄一的心情，我很明白。我覺得應該明白。雄一現在，想走得遠遠的心情比我強烈數百倍。只想獨自去一個甚麼都不必思考的地方。說不定他想逃離包括我在內的一切，甚至暫時都不打算回來了。沒錯。我確信。

「工作算甚麼嘛。」知佳傾身向前熱切地說。「這種時候，身為女人可以替他做的只有一件事。難不成，妳還是處女？啊，或者你們兩個早就有一腿了？」

「知佳！」

但我還是有那麼一瞬間想過，要是世人都能像知佳一樣就好了。因為知佳眼中的我與雄一，看起來遠比實際上更幸福。

「仔細想想，」我說。「就連我，剛聽到惠理子的噩耗，腦中都陷入一團混亂了，雄一想必更糟糕。所以現在，我不忍心再去刺探他的心事。」

這時，知佳忽然臉色一正，從麵碗抬起頭說。

「……是啊。那晚，我沒有去店裡，並未親眼目睹惠理子死掉。所以我到現在都無法置信……但我見過那個男人。那傢伙之前來店裡時，如果惠理子肯跟我商量，我絕對不會讓那傢伙做出那種事。小雄也是，事後一直很懊悔。像他那麼溫和的孩子，居然殺氣騰騰看著新聞報導說，『殺人的傢伙通通該死。』這下子小雄也變成孤兒了。惠理子甚麼事都自己解決不願麻煩別人的個性，居然導致這種下場，真是太慘了。」

知佳的眼中，淚水不斷湧現。我結結巴巴不知所措之際，知佳開始放聲大哭，弄得店裡的人都朝我們行注目禮。知佳抖動肩膀哭得抽咽，眼淚滴滴答答落進蕎麥麵的沾醬中。

「美影，我好難過。為什麼會發生這種事？難道世上真的沒有神嗎？想到從今以後再也見不到惠理子，我真的受不了。」

我把一直哭著不停的知佳帶出麵店，扶著她高挑的肩膀一路走到車站。對不起喔。知佳說著，拿蕾絲手帕按住眼睛，在剪票口讓我握住寫有雄一住宿旅館地圖與電話的皺巴巴便條紙。

——不愧是做陪酒的，出手果然不同凡響。完全命中要害。

我一邊佩服，一邊心酸地目送那高大的背影遠去。

雖然我知道她喜歡妄下定論，她對愛情缺乏忠誠，她以前當業務員並不稱職……但她現在梨花帶雨的美麗模樣有點令人難忘。會讓人感到人心藏著珍寶。

冬天澄淨的藍天下，我滿心惆悵。連我都不知該如何是好了。天空很藍，很藍。襯托出枯樹黝黑的剪影，冷風呼嘯而過。

「難道世上真的沒有神嗎？」

翌日，我按照預定計畫出發前往伊豆。

成員包括老師，幾名工作人員和攝影師，人數不多，應該會是一趟愉快和諧的旅行。行程安排也沒那麼緊湊。

我還是忍不住這麼想。對現在的我而言——這是一趟夢幻之旅。彷彿天上掉下來的禮物。

我似乎從這半年時光解脫了。

這半年……打從奶奶去世，到惠理子身亡，表面上我與雄一一直保持笑容，內心卻越來越複雜。快樂與悲傷都太巨大，超出日常生活的範疇，因此我倆費盡苦心一直在創造和諧的空間。而惠理子就是在那空間發光的小太陽。

那一切都滲入心扉，改變了我。昔日那個慵懶倦怠的小公主，如今似乎已遠去，只能在鏡中依稀與她相逢。

凝視車窗外快速流逝的晴朗風景，我呼吸著自己內在產生的遙不可及的距離。

……我也累壞了。我也想離開雄一，暫時喘口氣。

雖然很可悲，但我想那就是事實。

當晚。

我穿著浴衣去老師房間。

「老師，我餓得要命，能不能出去吃點東西？」

同行的年長工作人員大笑說：

「櫻井小姐之前甚麼也沒吃嘛。」

他們已經準備要就寢了，二人都穿著睡衣坐在被子上。

我真的很餓。這家旅館著名的蔬菜料理，不知怎地把本來應該不挑食的我最討厭的那些氣味濃烈的蔬菜全放進去了，害我晚餐根本沒吃幾口。老師笑著放行了。

時間已過了晚間十點。我沿著長廊踽踽獨行，先回我的單人房換衣服後才離開旅館。我怕被關在外面回不來，所以偷偷把後面逃生門的門鎖先打開。

今天的行程就是採訪那頓可怕的料理，明天要搭麵包車換地方。走在月光下，我巴不得可以這樣一直永遠旅行下去。如果有家可歸，心情想必會很浪漫，可我是真正的孑然一身，因此只感到瀟灑不起來的強烈孤獨。不過，我甚至覺得這樣活著才是最適合自己的人生。異鄉的夜晚總是空氣特別靜謐澄澈，令人心境清明。反正我也不是哪號人物，若能這樣過著清寂的人生倒也不錯。為難的是，我終於理解了雄一的心意。……如果能夠不回那城市，不知該有多麼輕鬆。

我沿著旅館林立的街道一直往下走。

群山的幢幢黑影，凝視著比夜色更黑的街頭。路上有很多穿浴衣罩著大褂似乎很冷的醉醺醺觀光客，大聲笑著走過。

我莫名感到興奮快樂。

獨自在星光下，置身異地。

我走在路燈伸長到某種程度就會縮短的影子上。

看起來鬧哄哄的酒館我害怕，因此特意避開，最後走到車站附近。我湊近窺視黑漆漆的土產店櫥窗玻璃，同時發現了還在營業的飯館燈光。湊近毛玻璃門探頭一看，店內只有吧台，客人就一個，我安心地拉開門走進去。
忽然很想吃特別重口味的食物，
「我要一份豬排飯。」
我說。
「豬排要現炸，所以可能要等一會，可以嗎？」
店內的大叔說，我點點頭。這家散發白木香氣的新飯館，有種細心打理的舒適氛圍。這種地方通常賣的東西也好吃。我在等待時，驀然發現旁邊放了一台粉紅色電話。
我伸手拿起話筒，極其自然地取出便條紙打電話到雄一的旅館。
等待旅館的女人把電話轉到雄一房間時，我忽然想到。
自從聽到惠理子的死訊後，我一直在他身上感到的這種徬徨無助頗類似「電話」。從那時起，雄一即便就在眼前，也好似在電話彼端的世界。而那裡，比我現在生活的場所更藍，宛如位於海底深處。
「喂？」
雄一接電話了。

「雄一？」

我鬆了一口氣說。

「美影嗎？妳怎麼知道我在這裡？啊，我懂了，是知佳說的吧？」

那個有點遙遠的平靜聲音，鑽過電話線奔馳夜色而來。我閉上眼，聆聽雄一令人懷念的嗓音。那聽來猶如寂寞的浪濤聲。

「你那邊，有甚麼好玩的嗎？」

我問。

「有丹尼連鎖家庭餐廳——騙妳的啦。山上有神社，那大概還算有名吧。山腳是一大堆標榜專賣素食、供應豆腐料理的旅館，我今晚也是吃那個。」

「是甚麼樣的菜色？好像很有意思。」

「噢，妳有興趣嗎？我跟妳說，全都是豆腐，除了豆腐沒別的。雖然好吃，總之就是一桌子的豆腐。茶碗蒸豆腐，烤味噌豆腐，油炸豆腐，柚子豆腐，芝麻豆腐，全是豆腐。當然連湯裡也有雞蛋豆腐這就不用說了。我很想吃點硬的東西，心想最後總該上飯了吧！結果居然是茶泡飯。我都覺得自己變成沒牙齒的老頭子了。」

「真巧。我現在也很餓。」

「怎麼回事，不是以美食聞名的旅館嗎？」

「端上來的都是我討厭吃的菜。」

「都是妳討厭的菜？那機率相當低耶，妳真倒楣。」

「沒關係，明天就可以吃到好吃的。」

「真好。我的早餐可想而知……八成是湯豆腐。」

「就是用小砂鍋點酒精燈加熱的那種吧。肯定是。」

「嗯，知佳愛吃豆腐所以興沖沖地介紹我來這裡。的確是很棒的旅館。窗戶很大，可以看到像瀑布一樣的景觀。可是，還在發育期的我，現在只想吃高熱量、油膩膩的東西。……真不可思議。同一片夜空下，現在我倆居然都在餓肚子。」

雄一笑了。

雖然很可笑，但那一刻，不知怎地我無法驕傲地大聲告訴他，我現在正準備吃豬排飯！說不清為什麼，總覺得這是嚴重的背叛，我想在雄一的想像中陪他一起餓肚子。

我的直覺在那瞬間靈敏得令人悚然。我已徹底明白了。

我倆的心意在被死亡圍繞的黑暗中，正緊緊依偎著繞過徐緩的彎道。然而，一旦越過這裡，就要開始分道揚鑣了。現在，一旦錯過了這裡，我倆將會永遠只能做朋友。

沒錯，我早就知道了。

可我不知該如何是好。甚至覺得，那樣也沒啥不好。

「你甚麼時候回去？」

我說。

雄一緘默片刻。

「馬上就回去了。」他說。

我心想，這傢伙真不會撒謊。他肯定會繼續逃亡到身上的錢花光為止。而且自以為是地背負著他上次一再拖延不告訴我惠理子死訊的同樣尷尬，不敢與我聯絡。那就是他的性格。

「那就改天見。」

我說。

「嗯，再見。」

他想必連自己為何想逃都搞不清楚吧。

「可別割腕自殺喔。」

我笑言。

「呿!」

雄一笑著說聲拜拜,就此掛斷電話。

頓時,強大的脫力感來襲。放下話筒後,我一直保持那個姿勢盯著飯館的玻璃門,茫然傾聽外面呼嘯的風聲。可以聽見路上行人互相嚷嚷著好冷好冷。今天,夜晚也公平降臨全世界每個角落,然後又逐漸流逝。在無法互相碰觸的深刻孤獨底層,這次,我們終於真正的煢煢孑立。

人不會屈服於狀況及外力,只會從內在潰敗。我打從心底這麼感嘆。這種無力感,此刻,明明就在眼前有某種我不想讓它結束的東西即將結束,我卻完全無法焦急或悲傷。唯有混沌的晦暗。

真希望能夠找個陽光與鮮花更明媚的地方慢慢思考。然而,屆時想必已經太遲了。

豬排飯終於送來。

我打起精神掰開免洗筷。肚子好餓……我決定這麼想。外觀看起來異樣美味，可是一吃之下，不得了。驚為天人。

「老闆，這個太好吃了！」

我不禁大聲讚嘆。

「是吧？」

老闆得意地笑了。

就算再怎麼餓，我畢竟是專業。這碗豬排飯簡直堪稱是奇遇，手藝實在太讚了。無論是豬排的肉質、高湯的風味、雞蛋與洋蔥的烹煮火候、煮得偏硬的白飯，通通無懈可擊。這才想到，白天老師還提到這家店，感嘆本來想採訪這裡，我心想自己運氣真好。啊啊，雄一要是在這裡該多好！這個念頭閃現的瞬間，我在衝動之下脫口而出：

「老闆，這個可以外帶嗎？能不能請你再做一份？」

然後，走出飯館的我，在幾近半夜的時候飽食滿腹，拎著豬排飯還熱呼呼的外帶專用盒，獨自站在路上不知所措。

我到底在想甚麼啊，怎麼辦……就在這麼煩惱時，眼前有一輛計程車誤以為我在等車，減速靠了過來，看到標明「空車」的紅色燈號時，我當下下定決心。

我鑽上計程車說：

「能否送我去I市？」

「I市——？」司機有點驚愕地揚聲，朝我扭頭。「我是很樂意啦，但路程很遠，車資很貴喔，小姐。」

「我知道，我有點急事。」我就像站在王子面前的聖女貞德一樣理直氣壯。連我自己都覺得這樣應該會被信任。「待會到了地方，我會先給你這趟路的車資，然後請你在那邊等我二十分鐘左右，我想再搭你的車回來。」

「小姐是要去會情郎吧？」

他笑了。

「可以算是吧。」

我也苦笑。

「好，我們走！」

計程車在深夜中朝著I市奔去。載著我，以及豬排飯。

白天的疲累令我起初昏昏沉沉打瞌睡，但是當計程車在幾乎沒有其他車輛的路上奔馳時，我忽然清醒了。

手腳還沉浸在睡意中很暖和，唯有意識，好像明確地「覺醒」，倏然間特別靈敏。昏暗的車內，我對著車窗直起身子重新坐正，司機說：

「路上沒車所以開得快，馬上就到了。」

我應了一聲，仰望夜空。

皓月高掛，掩蓋了星光，緩緩行過夜空。今晚是滿月。月亮時而被雲層遮掩，隨即再次出現。車內很熱，呼出的熱氣令車窗白濛濛。樹木與田地與群山的剪影如影繪迅速掠過。大貨車不時發出轟隆巨響超車，恢復安靜後，柏油路面反映月光。

——車子終於進入I市。

已深深沉睡夜色中的黑暗街頭，只見民宅屋頂間點綴許多小小的神社鳥居。車子沿著狹窄的坡道不斷向上攀升。通往山間的纜車粗大的鋼纜在夜色中清晰浮現。

「這一帶的旅館，以前因為和尚不能吃肉，所以就動腦筋用豆腐做成各種料理吃，結果那叫甚麼來著的，趕上時代潮流做給客人吃居然成了賣點。您下次也可以白天來吃吃看。」

司機說。

「我也這麼聽說。」

我瞇起眼藉著黑暗中等距離出現的路燈燈光看地圖。

「啊，麻煩在下一個轉角停車。我馬上回來。」

「好的。」

司機說著，急忙煞車。

外面冷得刺骨，手和臉頰立刻凍僵了。我取出手套戴上，揹著裝有豬排飯的背包，沿著月光下的坡道走上去。

不安的預感成真。

他住的旅館，不是那種深夜也會好心讓人進去的老式旅館。

正門玄關是玻璃自動門，此刻已上鎖，露天樓梯的逃生門也鎖住了。

無奈之下，我退回路上打電話，但是無人接聽。這是理所當然，都已經半夜了。

我大老遠跑來到底在搞甚麼啊，站在漆黑的旅館前，我束手無策。

然後，我還是不死心，漫不經心繞到旅館的院子。硬生生鑽過逃生門旁的小路。的確如雄一所言，這家旅館似乎是拿可以觀賞瀑布的庭院當賣點，所有的窗子都是面向看得見瀑布的庭院。此刻那些窗子已沒有燈光。我嘆口氣凝視庭院。人工打造的欄杆圍繞岩石，細細的瀑布自高處發出嘩啦水聲，落在長滿青苔的岩石上。看似冰冷的水花在黑暗中泛白。瀑布全體被異常明亮的綠色燈光從各個角度照亮，更加清晰烘托出庭院花草的顏色，甚至到了不自然的地步。那種情景，讓我想起迪士尼樂園的叢林巡航。那是很不真實的綠色……我一邊這麼想一邊轉身，再次眺望整排黑暗的窗子。

頓時，不知怎地我有了確信。

反射燈光發出綠光最靠近我這邊的角落房間，就是雄一的房間。

這麼一想，好像隨時可以探頭窺視窗內，我不假思索爬上庭院堆積的假山。

於是，一樓與二樓之間的裝飾屋頂的邊緣似乎猛然拉近了。墊起腳尖應該就碰得到。我一邊確認以不自然的形狀堆疊的石頭是否穩固，一邊兩步併作三步爬上去，距離更近了。我試著朝邊緣的排水管伸出手。勉強可以抓到。我鼓起勇氣猛然跳起，一手抓住排水管，狠狠用力把另一隻手的前半截都伸到屋頂上牢牢抓住瓦片。突然間，建築物的牆面垂直逼近，可以感到我欠缺鍛鍊的脆弱運動神經咻地發出聲音縮緊。

我抓著裝飾屋頂上的瓦片，用腳尖勉強站著，陷入進退兩難的窘境，頗為苦惱。手臂凍得發麻，雪上加霜的是，肩背包的一邊帶子自肩膀滑落。

慘了！我心想。只不過是一時心血來潮，結果搞得自己吊掛在屋頂邊口吐白煙，真是傷腦筋。

往下一看，剛才還踩過的地方格外黑暗遙遠。瀑布的水聲震耳欲聾。無奈之下，我只好把渾身力氣都放在手臂上試著懸吊半空。總之一定要讓上半身爬到屋頂上，我咬牙使勁，朝牆壁一踢。

吱吱聲響起，熾熱的痛楚竄過右臂。我總算連滾帶爬地抵達那個裝飾屋頂的水泥坡面。雙腳泡在不知是雨水還是甚麼汙水的水窪中。

啊——保持趴臥的姿勢一看手臂，剛弄的擦傷已經染得大片血紅，令我暈眩。果真是壞事連連啊。

把背包往旁邊一扔，我仰臥著眺望旅館的屋頂。盯著彼方瑩白的月亮與雲層，我在想。（虧我在那種狀態下還能想那種事。大概是自暴自棄豁出去了吧。請稱呼我為行動的哲學家。）

每個人都以為眼前有很多條路可供自己選擇。但是或許該說「人們正在夢見選擇的瞬間」會更貼近事實。我也曾是如此。可是現在，我懂了。明確地理解了。前路永遠已決定，這絕非宿命論的意味。每日的呼吸、眼神，日復一日自然而然會決定一切。甚麼人會怎麼做都是注定的，比方說我，驀然回神簡直是理所當然地不得不躺在陌生土地的屋頂水漥中，與豬排飯一同在寒冬中仰望夜空。

——啊，月亮好美。

我爬起來，敲敲雄一的房間窗戶。

似乎等了很久。濕透的雙腳被冷風吹得絲絲刺痛時，室內的燈突然亮了，雄一滿臉驚恐地自房間深處出現。

看到站在屋頂上從窗口只露出上半身的我，雄一瞪大雙眼，做出「美影？」的口型。然後我再次敲窗點頭示意，他這才慌忙喀拉喀拉打開窗戶。我伸出凍僵的手，雄一把我拉進去。

倏然明亮的視野令我眼花。室內溫暖得彷彿另一個世界。四分五裂的身心好像這才重新合為一體。

「我來送豬排飯外賣。」我說。「懂嗎？這豬排飯太好吃，讓我覺得一人獨享太不講義氣了。」

然後，我從背包取出豬排飯的盒子。

日光燈照亮青色榻榻米。電視的聲音低低流淌。被子仍保持雄一剛才鑽出的形狀。

「以前也發生過這種情形。」雄一說。「我們在夢中交談。此刻也是那樣嗎？」

「不信要不要唱歌？我倆一起？」

我笑了。一看到雄一，現實感就倏然遠離我的心。就連我們相識多年，曾在同一間屋子共同生活的事，都好像全部是遙遠的迷夢。他的心，此刻不在這人世，他冰冷的雙眸令我害怕。

「雄一，不好意思，可以給我一杯茶嗎？我馬上就得走。」

就算是在做夢也好，我默默補上這句。

「嗯。」

他說，拿了熱水瓶和茶壺過來。然後泡了熱騰騰的茶。我用雙手捧著茶杯喝。總算鬆了一口氣。復活了。

接著，我再次感到室內空氣之凝重。說不定這真的是在雄一的惡夢中。在這裡待久了，我就會化為雄一的噩夢一部分，隨之消失在黑暗中。就此，成為模糊的印象，成為宿命——

我說：「雄一，其實你已經不想回去了吧？你打算和過去的古怪人生全盤訣別，重新開始吧。你別想騙我。我都知道。」明明是在訴說絕望，不可思議的是，心情卻很平靜。「不過，總之現在重要的是豬排飯。來，快吃吧。」

藍色的憂鬱沉默令人幾乎落淚，壓得喘不過氣。眼神心虛的雄一，接過豬排飯。如蠶食般侵蝕生命的凝滯空氣中，意想不到的某種東西推了我們一把。

「美影，妳的手是怎麼搞的？」

雄一發現我的擦傷，如此說道。

「你別管，趁著還沒完全冷掉趕快吃。」

我微笑以手掌示意。

雄一雖然看起來還是有點不解，

「嗯，好像很好吃。」

他說著打開蓋子，開始吃老闆剛才仔細替我打包的豬排飯。

看到那一幕，我的心情頓時一輕。

我覺得，自己能做的都做了。

——我知道。是昔日快樂時光的閃耀結晶，突然自記憶底層的沉眠中醒來，此刻，推動著我們。猶如一陣新風吹拂，在我心底，那段芳香歲月的空氣又復甦了。

那是另一個家的回憶。

惠理子回來前，我倆打電動等候的夜晚。之後三人揉著惺忪睡眼去吃大阪燒。見我被工作搞得焦頭爛額，雄一推薦我看好笑的漫畫。後來惠理子看了也笑到流眼淚。晴朗的週日早晨，蛋包飯的氣味。每次在地上睡著時，輕輕蓋到身上的毯子觸感。惠理子走過時，我倏然驚醒微睜雙眼，隱約只見她的裙襬與纖細的雙腳。雄一開車把喝醉的她帶回來，二人一起把她抱回房間……還有夏天逛廟會時，惠理子替我繫緊浴衣腰帶，暮色中滿天飛舞的紅蜻蜓的色彩。

真正的美好回憶總是閃耀鮮活的光芒。時間的流逝令人惆悵。

無數個白日與夜晚，我們一起吃飯。

記得有一次雄一說：

「為什麼和妳一起吃東西，好像就覺得特別好吃？」

我笑了。

「大概是因為食慾和性慾能夠同時得到滿足？」

我說。

「不對，不對，不對，不對。」

雄一大笑著說。

「肯定是因為我們是一家人。」

雖然惠理子不在了，但那種明快的氣氛此刻又回到我倆之間。雄一吃豬排飯，我喝茶，黑夜已不再蘊藏死亡。這下子，已經沒事了。

「那，我要回去了。」

我站起來。

「回去？」雄一驚愕地說。「回哪去？妳是從哪來的？」

「對呀。」我皺起鼻子，用揶揄的口吻說。「我可要聲明，這是真實的夜晚不是做夢喔。」然後，我的嘴巴就再也停不下來。「我是從伊豆坐計程車一路飆到這裡的。雄一，我不想失去你。我們雖然一直很孤單卻飄飄忽忽地置身事外。因為死亡太沉重，所以太過年輕本來應該還沒機會接觸死亡的我們只能那樣做。……今後，和我在一起或許也會看到痛苦、麻煩與骯髒的事，但只要你願意，我們就一起去更辛苦、更光明的地方吧。等你打起精神之後再做決定也沒關係，你可以慢慢考慮。只是拜託你不要就此消失。」

雄一放下筷子，直視我的雙眼說：

「我大概一輩子都吃不到這種豬排飯了。……超級好吃。」

「嗯。」我笑了。

「整體而言，我表現得太沒出息了。下次見面時，我一定會讓妳看到我更有男子氣概、更有力氣的模樣。」

雄一也笑了。

「到時候你會當著我的面把電話簿撕成兩半？」

「會會會，還會把腳踏車抬起來丟出去。」

「或者推著大卡車去撞牆？」

「那樣就只是破壞狂了。」

雄一的笑容閃閃發亮，我知道自己或許把「某種東西」推進了幾公分。

「那我走了。否則計程車就不等我了。」

我說著，走向門口。

「美影。」

雄一叫住我。

「嗯？」

我轉身。

「路上小心。」

雄一說。

我笑著揮揮手，這次是自行打開門鎖從正面玄關出去，朝著計程車全力衝刺。

抵達旅館鑽進被窩，帶著滿身寒意的我把暖氣開著就這麼累得倒下睡著了。

……啪嗒啪嗒跑過走廊的拖鞋聲和旅館的人聲，讓我倏然驚醒，只見天氣已經完全變了樣。

大窗外，整片濃灰色雲層覆蓋天空，夾雜雪花的強風呼嘯而過。

我懷疑昨晚只是一場夢，恍惚起身開燈。窗外清晰可見的群山，正有雪花滿天飛舞。樹木嘩嘩搖晃。室內溫暖得甚至會熱，潔白，光亮。

我再次鑽回被窩，一直凝視那冰冷的雪花狂掃的風景。臉頰發熱。

惠理子已經不在了。

——在那樣的風景中，這次，我真的明白了。不管雄一與我如何，即使人生再怎麼漫長或美妙，也見不到她了。

寒風中縮著脖子走過河邊的人們，開始在車頂堆積淺淺白色的雪花，忽左忽右地搖頭的樹木，不停飄落乾枯的樹葉。窗框冷然閃爍銀光。

之後，門外響起老師興奮地跑來喊我的聲音。

「櫻井小姐，妳起床了嗎？下雪了欸，下雪了！」

我應了一聲爬起來。換好衣服，又要開始現實生活的一天。日復一日，重新開始。

最後一天的行程，是採訪下田某家小飯店的法國料理，我們全體工作人員用豪華的晚餐舉行慶功宴。

不知怎地大家都是睡得非常早的人，身為超級夜貓子的我若有所憾，等大家解散回房睡覺後，我獨自去眼前的海邊散步。

我裹著大衣，多穿了一件褲襪還是冷得想尖叫。我買了罐裝咖啡，塞在口袋散步。咖啡非常溫暖。

站在堤防上放眼眺望海灘，只見朦朧泛白的黑暗。海水漆黑，不時有蕾絲般的浪花濺起，閃爍微光。

冷風狂掃，腦袋凍得發麻，這樣的夜裡，我走下通往海邊的黑暗台階。沙子冰涼，乾燥。沿著海邊，我喝著罐裝咖啡不停向前走。

望著被黑夜籠罩的無垠大海，還有發出轟隆濤聲的崎嶇岩石的幢幢暗影，忽然有種異樣哀愁又甜蜜的心情。

今後，想必還是會有數不清的快樂與痛苦。……哪怕是，身邊沒有雄一。

我靜靜地想。

跡。

遠方燈塔的光芒旋轉。時而照向我這邊，隨即遠去，在海上形成一條發光的軌跡。

我嗯嗯有聲地恍然大悟，流著鼻水回到飯店房間。

用房間配備的簡易熱水壺燒開水，沖個熱水澡換下全身衣服坐到床上時，電話響了。接起來一聽，櫃檯人員說：

「有您的電話。請稍等片刻不要掛斷。」

窗外，可以俯瞰飯店的庭院，黑暗的草皮，以及白色大門。更遠處是剛才還走過的寒冷海灘，海水黝黑起伏。隱約聽見浪濤聲。

「喂？」雄一的聲音竄入耳中。「終於找到妳了。費了我好大的功夫。」

「你從哪打來的？」

我笑了。心情，開始緩緩放鬆。

「東京。」

雄一說。

我感到，這就是一切的答案。

「今天是最後一天了。我明天就回去。」

我說。

「吃到很多美食？」

「嗯，有生魚片，有蝦子，還有野豬肉，今天吃的是法國菜。我都有點變胖了。啊，對了，我已經把裝滿山葵醬菜和鰻魚派還有茶葉的箱子宅配到我的住處了。你可以自己過去拿。」

「為什麼不是蝦子和生魚片？」

雄一說。

「因為那沒辦法託運呀。」

我笑著說。

「好，那我明天去車站接妳，妳買了直接拎回來。妳幾點到？」

雄一快活地說。

房間很溫暖，瀰漫開水沸騰的蒸氣。我開始說明班車到站時間及月台。

月影

ムーンライト・シャドウ

阿等總是把小鈴鐺掛在月票夾上隨身攜帶。

那其實是我們尚未談戀愛時，我別無他意隨手給的，沒想到卻陪伴他到生命最後一刻。

高二那年的畢業旅行，不同班的我們因為同樣擔任畢旅委員而相識。旅行時我倆的班級走的是完全相反的路線，因此我們只有出發去搭乘新幹線時是同路。我們就在月台上嘻嘻哈哈地握手惜別。那時我忽然想起出門時把家裡貓咪掉落的鈴鐺塞在制服口袋，於是遞給他說，這是餞別禮物。他笑著揶揄這是甚麼東西啊，可他並未草率敷衍我，反而慎重其事攤開手帕把鈴鐺包起來。以他那個年紀的男孩子而言，這種舉動實在太不搭調，因此我當時非常驚訝。

愛情，不外乎如此。

不管他是因為鈴鐺是我給的才另眼看待，或是因為他的家教好，從來不會馬虎對待別人給的東西，總之那當下的感覺讓我對他產生了好感。

而且，鈴鐺讓我們心有靈犀。分隔兩地的旅行期間，我們彼此都惦記著鈴鐺。每當他搖響鈴鐺，就會不由想起旅行前與我共度的時光，而我也在遠方天空下，遙想那枚鈴鐺，以及與鈴鐺相伴的人。等我們旅行回來後就陷入了熱戀。

之後大約有四年時間，每個日日夜夜，發生過的一切都有那枚鈴鐺與我倆共度。初吻，大吵架，晴天雨天與下雪，初夜，所有的笑與淚，喜歡過的音樂與電視節目——它分享了我倆相處的所有時光，伴隨著阿等當皮夾使用的那個月票夾，總是叮叮噹噹發出清脆的鈴聲。那是時時縈繞耳邊，惹人愛憐的聲音。

當時的異樣感覺，或許有人會說只是少女傷春的馬後炮。但我還是要說。我是真的那樣覺得。

那時我總是衷心感到不可思議。有時不管我如何盯著阿等，他好像還是不存在。即便睡覺時，我也會忍不住一再把耳朵貼在他的心臟。他的笑容太燦爛，讓我不由自主凝眸望著他出神。他的氣質與表情有種透明感。所以，我一直以為他大概天生就是這種捉摸不定的飄忽氣質，如果那竟是死亡的預感，想來多麼教人傷感。

戀人逝世是我在漫長人生（其實也只有二十幾年）中，第一次有這種體驗，因此我痛苦得幾乎窒息。打從他死去的那晚，我的心就墜入另一個空間，再也回不來。我無法用以前的觀點看世界。思緒不安定地浮沉，沒個著落地恍恍惚惚，總感到鬱悶得喘不過氣。某些人可能一輩子都不用經歷的悲劇（例如墮胎、賣春、重病），我卻以這種方式參與，讓我萬分遺憾。

當然，我們都還年輕，或許這並非人生最後一次戀愛。但我倆一同見識了此生第一次遭遇的種種戲劇化情節。一邊確認人與人關係加深後會呈現的種種事件分量，一邊逐一探索著，築成這四年的光陰。

事過境遷或許我才能大聲吶喊。

老天爺你這個大渾蛋！你可知，我愛阿等愛得要死。

阿等死後的二個月，我每天早上在跨越那條河的橋上倚欄喝熱茶。因為睡不著，我開始在黎明慢跑，那裡正好就是折返點。

我最怕的就是晚上睡覺。或者該說，是醒來時的震撼太可怕。猛然驚醒發現自己身在何處時的幽深黑暗令人膽怯。我總是夢見與阿等有關的情景。痛苦的淺眠中，有時見得到阿等有時見不到，可我每次都知道這只是夢，其實我再也見不到他。所以，即便在睡眠中我也努力不讓自己醒來。我一再翻身冒冷汗，不知就這樣迎來多少次在作嘔的憂鬱中茫然睜眼的寒冷黎明。窗簾外的天色漸亮，我被拋擲到慘白清冷的時間中。寂寞與寒冷甚至令我覺得早知如此不如繼續待在夢中。孤獨的黎明時分，我再也無法沉睡，只能在夢境的餘韻中苦苦掙扎。每次，總在這時倏然清醒。沒睡好的疲憊，以及等待清晨第一道曙光那種宛如漫長瘋狂的孤獨時光，讓我心生恐懼，遂決定出去慢跑。

我添購二套昂貴的運動服，也買了跑鞋，甚至買了裝飲料的鋁製小水壺。雖然從購物開始入門有點丟臉，但我想，這好歹也算是積極進取的表現吧。

一放春假，我立刻開始晨跑。跑到橋上再折返，回家後，清洗毛巾與衣服，放入烘乾機，然後幫我媽一起準備早餐。之後小睡片刻。這樣的生活日復一日。晚間和朋友見面或看錄影帶，拼命努力不讓自己出現空檔。那是一種荒涼的努力。因為真正想做的，其實一樁也沒有。我思念阿等。然而，我覺得自己無論如何都必須讓雙手與身心保持運轉。而且，我希望這種努力只要專心致志地堅持下去遲早總會找到突破口。雖然沒有任何保證，但我相信我應該可以撐到那時候。小狗死的時候，小鳥死的時候，大抵上我也是這樣撐過來的。這次只不過是加長版。日子毫無展望彷彿就這麼漸漸枯萎似地過下去。我不停暗自祈禱。

沒事，沒事，總有一天會脫離這種困境。

折返點的那條河，是將城市大致一分而二的大河。從我家到白橋跨越的那條河約需二十分鐘。我以前就很喜歡那裡。以前我和住在對岸的阿等碰面時總是約在那裡，他死後我還是喜歡那裡。

無人的橋上，我在潺潺水聲中慢吞吞啜飲水壺裡的熱茶暫時歇腳。白色河堤無止境地朦朧蜿蜒，藍色的黎明霧氣令街景蒙上輕紗。這樣站在乾淨又冰冷的空氣中，自己好像離「死亡」更近了一點點。實際上，唯有待在那刺骨透明又異樣冷清的風景中，現在的我才能夠輕鬆呼吸。自虐？並不是。因為，如果沒有這片刻時光，我完全沒把握自己能夠順利撐過接下來的一整天。現在的我，相當切實地需要那種風景。

那天早上我也做了相當不舒服的惡夢，倏然驚醒，時間是五點半。看似晴朗的黎明，我一如往常換好衣服跑到外面。天色尚暗，路上不見行人。空氣冷澈骨髓，街頭朦朧泛白。天空是濃郁的群青色，東方漸漸出現朱紅的漸層色彩。

我盡可能快活地跑步。喘不過氣時，偶爾會想，也沒好好睡覺就這麼拼命跑步只不過是在折磨自己的肉體罷了，但是待會回去就可以睡著了，因此恍惚的腦袋還是打消那個念頭。穿過異常安靜的街道時，要保持意識清醒很困難。

河流聲近了，天空時時刻刻在變化。透過蔚藍透明的天空，美麗晴朗的一天來臨。

抵達橋上後，我一如既往倚靠欄杆，茫然眺望沉澱在藍色空氣底層的朦朧街景。河水嘩啦啦地強勁奔流，所有的事物濺起白色泡沫就此沖走。身上的汗乾了，冰冷的河風拂面。春寒料峭的三月，天空清楚映現半個月亮。呼出的氣息白濛濛。我望著河面把熱茶倒進水壺蓋子正要喝。

這時，

「是甚麼茶？我也想喝。」

身後忽然有人說話，把我嚇了一跳。因為太吃驚，甚至失手讓水壺掉到河裡去了。手上只剩下裝在壺蓋裡冒煙的熱茶。

抱著種種驚疑不定的念頭轉身，只見一個含笑的女子站在眼前。我知道她比我大，不知怎地卻猜不出歲數。硬要說的話大概二十五歲左右……短髮，大眼睛非常清澈。單薄的上衣罩著白色大衣，舉止灑脫似乎一點也不覺得冷，真的是神不知鬼不覺就站在那兒了。

然後她用略帶甜膩的鼻音開心地笑著說，

「剛才那一幕，和不知是格林童話還是伊索寓言的狗的故事很像呢。」

「妳說的那個狀況，」我淡淡接話。「是狗看到倒映水面的自己，鬆口掉了骨頭吧。並沒有加害者。」

她微笑，

「那我下次買水壺賠給妳。」

她說。

「太客氣了。」

我對她一笑。她講得太坦然，害我想氣都氣不起來，而且連自己都覺得這沒啥大不了了。況且，她的氣質並不像是個性古怪的人或喝到天亮才回家的醉鬼。她的眼神太知性也太清醒，彷彿這人世的悲傷與喜悅全都歷盡後，有種非常非常深奧的表情。因此，她周身縈繞著寂靜緊繃的空氣。

我只喝了一口手裡的茶潤喉。

「哪，剩下的給妳。是普洱茶。」

我遞給她。

「啊，我最愛那種茶了。」

她纖細的手接過壺蓋。

「我剛剛到這裡。是從很遠的地方來的。」

她帶著旅人特有的亮晶晶又興奮的眼神說，凝視河面。

「來觀光？」

我很好奇她來這種鳥不生蛋的地方做甚麼，不禁問道。

「嗯，妳知道嗎？這裡馬上可以看到百年一度的奇景。」

她說。

「奇景？」

「嗯，只要條件齊全。」

「是甚麼？」

「現在暫時保密。但我一定會告訴妳。因為妳請我喝茶。」

她說著笑了，我自然也不好再追問下去。早晨逐漸來臨的氣氛瀰漫世界。陽光溶入天空的蔚藍中，微光照耀得大氣層白花花。

我覺得該回去了，於是說聲再見。這時，她明亮的眼睛直視我。

「我叫有麗。妳呢？」

她說。

「五月。」

我也報上名字。

「改天再見囉。」

——有麗——這麼說著揮揮手。

我也揮手，離開大橋。這人很奇妙。她說的話我完全聽不懂，總之她好像不是個普通人。跑步的雙腳每前進一步，疑問就加深一層，我忽感不安，轉頭一看，有麗還站在橋上。她的側臉凝視河流。我大吃一驚。因為那和她在我面前時的模樣判若兩人。我從未見過人們臉上出現如此嚴峻的神情。

察覺我停下腳，她再次微笑揮手。我也慌忙揮手，再次邁步。

——她到底是個甚麼樣的人呢？我思忖半晌。漸漸睏倦發沉的腦中，只有有麗這個奇妙女子的印象在晨光中耀眼地鑲上金邊鐫刻腦海。

阿等有個非常與眾不同的弟弟。無論是想法或處理事物的方式，都有點奇妙。看他的生活方式，彷彿是在異次元空間孕育，記事後就被丟到這地球上，在這個地方逐漸長大。打從我第一次見到他就一直這麼覺得。他叫做阿柊。是阿等的親弟弟，這個月就滿十八歲了。

在約定的百貨公司四樓咖啡店，放學的阿柊穿著水手服出現。

其實我很難為情，但他走進店內的態度太尋常，我只好強裝平靜。他在我對面坐下後，喘口氣說：「等很久嗎？」見我搖頭，他開朗地笑了。他點餐時，女服務生一直上上下下目不轉睛地打量他，最後才不可思議地說聲「好的」。

五官雖然不太像阿等，但阿柊的手指，以及有時表情的變化方式，經常讓我幾乎心跳停止。

「哇！」這種時候，我會故意驚呼。

「怎麼了？」

阿柊一手拿著杯子看我。

「好、好像。」我說。

這時他總是會說聲「阿等分身！」做出模仿阿等的舉動。然後我倆都笑了。我們除了這樣拿心裡的傷口戲謔，別無他法。

我失去了戀人，可他一下子同時失去了哥哥和戀人。

他的女友叫做弓子，和他同年，擅長打網球，是個嬌小玲瓏的美少女。由於年紀相近，我們四人很要好，經常一起出去玩。我去阿等家時，往往弓子也來找阿柊，我們四人通宵玩遊戲的次數多得數不清。

那晚，阿等出門時順便開車送來找阿柊的弓子去車站，途中發生車禍。他並沒有過失。

即便如此。二人還是當場死亡。

「妳最近在慢跑？」
阿柊說。
「嗯。」
我說。
「可是妳變胖了欸。」
「因為白天躺在家裡無所事事。」
我不禁笑了。實際上，我已開始瘦到旁人一眼就看得出來的地步。
「並不是只要有運動就代表健康。對了。我家附近新開了一家炸什錦蓋飯超好吃的店。熱量也很高。我們去吃吧。打鐵趁熱，現在就去。」
他說。
阿等與阿柊的個性截然不同，但是良好的家教，讓兄弟倆都自然而然養成這種不做作亦非別有企圖的親切。就像是鄭重用手帕包裹鈴鐺的那種親切。
「嗯，好啊。」
我說。
阿柊現在穿的水手服，是弓子的遺物。

她死後，他就讀的高中明明是穿便服上學他卻穿著那身衣服去學校。弓子生前喜歡制服。雙方家長都說，弓子也不會樂見他那樣做，哭著勸阻這傢伙穿裙子。但阿柊笑了，就是不肯聽話。當時我問他，是基於感傷才穿那身衣服嗎？他說並不是。人死不能復生，衣服就只是衣服。但是，穿了會覺得精神一振。

「阿柊，你打算穿著那個到甚麼時候？」

我問。

「不知道。」

他說，神色有點黯然。

「大家沒有講甚麼難聽話？在學校沒有傳出負面的流言？」

「沒有，那是因為我個人呢，」他說。他從以前就喜歡自稱「我個人」。「擁有很多同情票，在女生堆裡大受歡迎。或許是因為穿上裙子後，好像比較能理解女生的心情吧。」

「那就好。」

我笑了。玻璃外的樓面，開心血拚的遊客們熱鬧行經。傍晚的百貨公司被成排春裝明媚照亮，一切都看起來好幸福。

此刻，我深深理解。他的水手服就是我的慢跑，扮演同樣的角色。只不過我沒有他那麼古怪，所以靠慢跑就已足夠，如此而已。對他而言區區慢跑完全缺乏衝擊力道，不足以支撐自己，因此他選了水手服這個變形版。兩者都只不過是讓萎靡的心情振作起來的手段罷了。我們只能藉由轉換注意力來爭取緩衝時間。

我和阿柊，這二個月出現了以往從來沒有的表情。那是努力不去想自己失去了甚麼的表情。每當驀然想起故人，站在孤獨猝然襲上心頭的黑暗中，總會不知不覺露出那種表情。

「如果要在外面吃晚飯，我得打電話回家說一聲。啊，阿柊你呢？你不回家吃飯沒關係？」

我正要站起來時，阿柊說：

「對，沒關係。今天我爸出差了。」

「只剩你媽一個人啊。那你還是回去陪她吧？」

「沒事，送一份外賣回家就行了。時間還早，我媽應該還沒開始煮菜。我個人先付錢，做兒子的請她吃晚餐，給她一個驚喜。」

「這倒是挺可愛的計畫。」我這麼一說。
「妳好像總算打起精神了。」
阿柊開心地笑了。這種時候，平時看似老成的少年終於露出與年紀相符的表情。
記得有一個冬天，阿等說：
「我有個弟弟，叫做阿柊。」
那是我第一次聽他提起弟弟。似乎隨時會下雪的陰霾天空下，我倆走下學校後面的漫長石階。阿等把手插在大衣口袋，呼出白煙說：
「他比我更像個大人。」
「更像大人？」
我笑了。
「感覺上，大概是特別沉著鎮定吧。可是碰上家人的事情他就特別幼稚，很好笑。昨天，我爸被玻璃割到手，他當真嚇壞了，那種嚇到的樣子很誇張。就像天翻地覆似的。因為太意外，我剛剛又想起來了。」
「他幾歲？」

「呃——十五吧。」

「和你長得很像嗎？我好想見見他。」

「不過，那小子個性實在太古怪了。甚至不像是親兄弟。等妳見到他，說不定會連我都討厭。嗯，那小子是怪胎。」

阿等露出很有哥哥架式、真的很有哥哥架式的笑容說。

「那，只因為你弟是怪胎，所以你要等到確定我們的愛情堅定不移之後才讓我見他？」

「不是，開玩笑的啦。妳放心。你們肯定會處得來。因為妳也有點古靈精怪，而且阿柊對好人很敏感。」

「好人？」

「對對對。」

阿等撇開臉不肯看我，逕自笑了。這種時候他總是有點害羞。

石階非常陡峭，我們不由自主加快腳步。白色校舍的窗戶玻璃，透明地映現天色漸暗的寒冬天空。我仍記得當時一階一階走去的黑皮鞋與高統襪，以及自己的制服裙襬。

戶外洋溢春天氣息的夜晚來臨。

阿柊的水手服被大衣遮起來了，讓我稍微鬆了一口氣。百貨公司的窗口燈光照亮人行道，川流不息的人們臉龐也看似潔白發亮。晚風帶有甜蜜的香氣，雖已春意盎然卻還很冷，我從口袋取出手套。

「那家天婦羅店，就在我們家旁邊，所以要走一小段路。」

阿柊說。

「要過橋吧。」

說完，我沉默片刻。因為我想起在橋上遇見的那個女孩有麗。後來我還是天天早上都去，卻再也沒見過她。……正在恍惚沉思之際，阿柊忽然大聲說：

「啊，到時候我個人當然會送妳回家。」

他似乎把我的沉默，解釋為懶得去太遠的地方。

「不用啦。時間還早呢。」

我慌忙推拒，這次，只是在心中暗想「真、真的好像阿等」。現在他與阿等神似的程度，已經到了沒必要刻意模仿的地步了。與人相處時的態度明明始終保持距離，卻能夠不假思索脫口說出親切之詞的這種淡漠與率真，總是讓我的心情變得透明。那是透徹的感動。此刻我又鮮明地想起那種感覺。好懷念。好痛苦。

「上次我去晨跑，在橋上遇見一個怪人。我剛才只是想起那個。」

我一邊邁步走去一邊解釋。

「怪人？是男的？」阿柊笑了。「晨跑真恐怖。」

「不，不是那樣。是女的。是個令人難忘的女人。」

「嗯……要是還能再遇到就好了。」

「嗯。」

對，不知怎地我非常想見有麗。明明只見過一次面卻很想念。那種表情——當時，我幾乎心跳停止。前一秒還溫柔微笑，可是轉身剩下她一人時，卻露出「化身為人類的惡魔，忽然告誡自己不可再對任何事物心慈手軟」的表情。那有點令人難忘。我覺得，自己的這種痛苦與哀傷似乎完全比不上她。甚至讓我感到，說不定自己還大有可為。

走到貫穿市區的大馬路交叉口，我和阿柊都有點不自在。因為那裡，就是阿等與弓子發生車禍的地點。此刻，依然是車水馬龍。碰上紅燈，阿柊與我並肩駐足。

「不知道有沒有地縛靈[1]。」

阿柊笑著說，但他的眼中毫無笑意。

「就知道你會這麼說。」

我也朝他笑了。

燈光的色彩交錯，光影的河流曲折。紅綠燈在黑夜中明亮浮現。在這裡，阿等死了。肅穆的心情悄悄降臨。在我們所愛之人死亡的場所，時間就此永遠靜止。人們祈求，但願站在同樣位置時，也能對死者的痛苦感同身受。觀光旅遊時如果去甚麼古城遺址，經常聽到人家說多年前這裡曾有某某人走過，可以親身體會到歷史云云。我每次聽到都會暗笑對方在鬼扯甚麼，但現在不同。我好像可以理解了。

這個交叉口，這些高樓及商店林立的黑夜色彩，就是阿等眼中最後的景色。而那並不是很久以前的往事。

當時他不知有多害怕。是否也曾在瞬間想起我……是否像現在一樣正有月亮升

1 地縛靈：在某個地點意外死亡，意念停留在那一刻，使得魂魄無法離開，一直徘徊原地。

上天空？

「綠燈了。」

阿柊推我肩膀之前，我一直在茫然望著月亮。珍珠般清涼潔白的小小光暈，委實太美了。

「超級好吃。」

我說。坐在那狹小嶄新、散發木頭味的飯館吧台前吃的炸什錦蓋飯，好吃得足以勾起食慾。

「對吧？」

阿柊說。

「嗯。好吃。好吃到讓我慶幸活在世上真是太好了。」

我說。因為誇獎得太用力，老闆在吧台內甚至有點難為情。就是那麼好吃。

「看吧！我個人早就知道妳絕對會這麼說。妳對食物的品味很正確。妳能夠喜歡真是太好了。」

阿柊一口氣說完後笑了，然後他又去叫了一份外賣給他母親。

我的個性執拗，而且雖然仍被這陰鬱泥沼絆住腳卻不得不活下去，所以莫可奈何——我面對著炸什錦蓋飯暗忖。但哪怕只是早一天也好，我盼望阿柊不穿水手服也能盡快像現在一樣歡笑。

正午。那通電話突然打來。

我感冒了，也沒去晨跑，昏昏沉沉躺在床上。有點發燒的腦中，一再有鈴聲插入，我恍恍惚惚地爬起來。家人似乎都不在，我只好去走廊接電話。

「喂？」

「喂？請問五月在嗎？」

一個陌生的女聲直呼我的名字。

「啊？我就是。」

我納悶地說。

「啊，是我啦。」話筒彼端的那個女人說。「我是有麗。」

我嚇了一跳。此人總是讓我非常驚訝。照理說她不該打電話來。

「突然打擾不好意思，妳現在有空嗎？可不可以出來？」

「好……可以是可以啦，但是怎麼會？妳怎麼會知道我家的電話？」

我語帶驚慌說。她似乎是在外面打電話，可以聽見車聲。我知道她正在呵呵笑。

「因為我很想知道，所以自然就知道了。」

有麗像念咒一樣說。她的態度太理所當然，甚至讓我覺得的確很有道理。

「那就約在車站前那家百貨公司五樓的水壺賣場吧。」

她說完就掛斷電話。

其實我的身體狀況很糟，按照常理絕對不會外出，應該會在家睡覺。電話掛斷後，我心想，完蛋了。兩腳發軟站都站不穩，體溫似乎也越來越高。可是，想見面的好奇心壓倒了一切，我開始著裝準備出門。彷彿內心深處的本能在閃爍，叫我一定要去，我毫不遲疑。

事後想想，命運就像是一級也不能踩空的梯子。只要少了任何一幕就無法爬到頂。而且，踩空顯然更容易。即便如此仍舊推我一把的，八成是瀕死的心中一點微光。那是在我陰鬱地以為如果沒有那種東西會更容易入眠的晦暗時光中，唯一的光芒。

我全副武裝穿著厚衣服騎腳踏車。這是個沐浴著溫暖陽光的正午，讓人感到春天真的來了。新生的春風拂面而來很舒服。行道樹也開始冒出嫩綠色的細小葉片。天空的淡藍色隱約有點朦朧，一直延伸到遙遠的城市彼方。

風景太清新，讓我不得不感到自己內心的乾涸。我就是無法敞開心扉接納這春天的風景。彷彿肥皂泡，只是滑溜溜地映在表面。人們任由陽光穿透髮絲一臉幸福地錯身而過。萬物滋養生息，在溫煦的陽光守護下越發增添光輝。在這洋溢生命力的美景中，唯有我心仍眷戀冬季蕭瑟的街頭與黎明時分的河岸。我恨不得一切就此毀滅。

有麗背對陳列的各種水壺站在那裡。她穿著粉紅色毛衣腰桿挺得筆直，在人潮中這麼一看，她好像和我同齡。

「午安。」

我走近打招呼。

「哎呀，妳感冒了？」她瞪眼說。「對不起喔。我不知道妳生病還叫妳出來。」

「看臉就知道我感冒了?」

我笑了。

「嗯。紅通通。那妳趕快挑一個。儘管選妳喜歡的別客氣。」她轉身面對水壺說。「我看看喔,還是保溫瓶比較好吧?或是把重點放在妳要隨身帶著跑步,挑個最輕便的?這個和妳上次掉到水裡的是一樣的。啊,如果只注重設計,不如去中國商品的賣場挑個中國貨?」

她講得非常熱心,讓我很開心,連自己都感覺得到果真滿臉通紅了。

「那就買那個白的。」

我指著嶄新發亮的白色小保溫瓶。

「嗯。這位小姐很有眼光喔。」

有麗說著,買下那個給我。

我們在百貨公司樓頂附近的小店喝著紅茶。

「我還帶了這個。」

她說著從外套口袋掏出小包。源源不絕掏出的小包看得我傻眼。

「這是我向開茶葉行的人討來的。有各種花草茶，各種紅茶，還有中國茶。包裝上都有註明，妳可以泡來裝在水壺喝。」

「……謝謝。」

我說。

「不客氣，畢竟是我害妳的寶貝水壺掉到河裡。」

有麗笑了。

這是個晴朗明亮的午後。陽光亮麗照耀街頭甚至令人哀愁。雲影緩緩飄移，將街景分割為光與影。這樣的午後很安寧。除了鼻塞導致失去味覺不知現在喝的是甚麼之外，似乎沒有任何問題，因為天氣太舒適了。

「對了，」我說。「妳到底是怎麼知道我家電話的？」

「唉，其實啊，」她微笑著說。「長年來我都是一個人到處漂泊，所以直覺就像野獸一樣變得很靈敏。我也不記得是從甚麼時候開始有這種本領的。……只要心裡想著：『呃，五月家的電話是幾號？』撥電話時手就會自己行動，十之八九不會錯。」

「十之八九？」

我笑了。

「對，十之八九。錯的時候，只要說聲對不起笑著掛斷就好。然後自己偷偷難為情。」

有麗說著開心地笑了。

比起用各種方法調查電話號碼的說詞，我寧願相信她淡然給出的這個答覆。她就是會讓人這樣想。我甚至覺得自己似乎老早就與她相識，內心正為這懷念的重逢喜極而泣。

「不過，今天謝謝妳。讓我像被包養的小情人一樣開心。」

我說。

「那我再告訴小情人一件事吧。首先，妳的感冒必須在後天之前康復。」

「為什麼？啊，妳所謂的奇景，就是後天？」

「答對了。記住喔，千萬不能告訴別人。」有麗稍微壓低嗓門吩咐。「後天清晨，妳在四點五十七分的時候去上次那個地方，或許可以看到甚麼。」

「妳所謂的『甚麼』到底是甚麼？什麼意思？也有看不見的可能？」

我只能滔滔不絕丟出一連串疑問。

「嗯。要看天氣，還要依據妳個人當時的狀況而定。總之非常不確定，所以我無法保證。不過，雖然只是我的直覺，但我覺得那條河與妳關係匪淺。所以，妳一定看得見。後天的那個時間，真的是一百年只有這麼一次，各種條件齊備下或許才能在那個地點看見某種幻影喔。對不起，我一直用『或許』這種不確定的字眼。」

她的解釋我還是聽得一頭霧水，只能歪頭納悶。但我還是有種久違的興奮。

「那是好事嗎？」

「嗯……我只能說很寶貴。是不是好事，要看妳自己怎麼想。」

有麗說。

看我自己怎麼想。

現在這樣退縮自閉，光是保護自己已費盡力氣的我——

「嗯，我一定會去。」

我笑了。

那條河與我的關係——。雖然忐忑但我還是不假思索答應赴約。對我來說，那條河就是阿等與我的國界。每次腦海浮現那座橋，就會看見阿等站在那裡等我。我老是遲到，他永遠在那裡守候。出門玩回來時，我倆也總是在那裡道別各自回到兩岸的家。最後一次也是。

「待會你要去高橋他家吧？」

那是當時還很幸福、身材比現在圓滾滾的我，與阿等的最後一次對話。

「嗯，我先回家再去找他。大家好久沒聚會了。」

「替我問候大家。不過，反正你們男生聚在一起都是講些黃色笑話吧？」

我說。

「對呀，不行嗎？」

他笑了。

玩了一整天，帶著微醺，我們興奮地漫步。冬天頂著刺骨寒風走夜路，有滿天星斗妝點，讓我心情格外開朗。冷風吹得臉頰刺痛，星星閃爍。我們在口袋中交握的手心總是溫暖的，觸感乾燥。

「啊，不過絕對沒有人敢拿妳亂開玩笑。」

阿等想起甚麼似地這麼聲明讓我感到好笑，我把臉埋在自己的圍巾裡憋住笑意。那一刻我暗想，交往四年了居然還這麼喜歡，真是不可思議啊。當時那個我，彷彿比現在的我小了十歲。微微傳來河水聲了，我們依依不捨。

然後是橋。橋成了永別的地點。河水發出轟隆巨響冷冷流過，河風帶著提神醒腦的寒意陣陣吹來。我們在鮮活的水聲與滿天星斗中輕輕一吻，回想著快樂的寒假就此含笑道別。夜色中，鈴鐺聲叮叮噹噹漸漸遠去。我和阿等滿心柔情。

我們曾經大吵過，也有過小小的出軌。曾經苦於不知如何拿捏愛與慾的分寸，也因為年幼無知經常互相傷害。所以並非時時刻刻都過得那麼幸福快樂，那段歲月還挺磨人的。即便如此仍舊是美好的四年。其中，這一天尤其完美得令人害怕結束。一如冬天美好乾淨的大氣中，一切都如此美妙溫存的一日餘韻，我還記得阿等轉身時，黑色夾克就此溶入夜色中。

這一幕我曾哭著一再回憶。不，是每次回想就會淚流滿面。我一次又一次夢見自己過橋追上他不讓他走，硬把他拉回來的情景。在夢中，阿等總是笑著說，幸好有妳挽留所以我沒死成。

在正午時分即便這樣驀然想起，也已能夠不再哭泣的自己，似乎異樣空虛。無盡遙遠的他，好像走得更遠更遠了。

我把有麗那個去河邊或許便可看見甚麼的預言半視為玩笑，半懷期待，就此與她道別。有麗笑嘻嘻消失在街頭。

就算她是個神經兮兮的騙子，只是戲弄興沖沖清早跑去河邊的我也無所謂。因為她讓我的心靈看見彩虹。她讓我又想起揣測意外驚喜的那種緊張興奮，為我的心靈吹入清風。哪怕到時甚麼也沒看見，一大早能夠二人並肩凝望冰冷的河面波光粼粼，想必也會心情很好吧。那就夠了。

抱著水壺邁步的同時，我如是想。正要去牽腳踏車時，在穿過車站的途中發現阿柊。

大學生的春假和高中生的春假顯然不同。大白天就穿著便服在街頭遊蕩，肯定是沒去上學吧。我笑了。

我當然可以毫不猶豫地跑過去叫住他，但是發燒讓我甚麼都懶得做，就這樣保持原來的步調朝他慢吞吞走去。這時，他正好也朝遠處邁步走去，所以我等於自然而然地跟在他後面走過大街。他走得很快，不想跑的我很難追上他。

我暗自觀察阿柊。穿便服時，他是個會讓人忍不住驚艷回頭的帥氣男孩。他穿著黑色毛衣抬頭挺胸地走路。身材高挑，手腳也很修長。動作輕盈靈敏。的確，這樣的他在女友過世後，突然穿著水手服上學，女孩們一旦得知他穿的是女友的遺物，怎麼可能不喜歡他。我望著他走路的背影不禁這麼想。一下子同時失去哥哥和女友並不常見。在日常生活發生的機率太低了。如果我是閒著無聊的高中生，說不定也會萌生想幫他振作起來的豪情，就此愛上他。因為青春年少時，女孩子最喜歡的就是這種情調。

如果喊他，他會笑臉相迎。這我知道。可是，我忽然覺得叫住獨自走在街上的他有點失禮，而且也感到自己無力替別人做任何事。或許是因為我太累了。我無法敞開心扉去接受任何事物。在我能夠勇敢面對回憶之前，我只想火速逃離。然而，跑了又跑依然長路漫漫，想到未來，我寂寞得悚然。

這時，阿柊忽然停下腳步，我也跟著駐足。這下子真的成了跟蹤了，我笑著走上前準備打招呼——忽然發現阿柊駐足是在看甚麼，我當下驚愕地呆住了。

他在凝視網球用品店的展示櫥窗。從他淡然的表情可以看出，他真的只是漫不經心地隨便瀏覽。但是，正因為是漫不經心，更能感受到那個舉動的深刻。我心想，簡直像「銘印現象」。破殼的小鴨子會把第一眼看到的東西當成媽媽跟著走，那對小鴨子而言或許只是很自然的行為，卻深深打動觀者的心。

如此深深打動。

爛漫春光中，夾雜在擁擠人潮間，他動也不動，只是漫不經心望著櫥窗。待在網球用品的旁邊，他大概也會油然萌生緬懷之情吧。就像我只有與阿柊在一起時，才能藉由在他身上尋找阿等的影子，換得心靈的平靜。我認為那很可悲。

我也看過弓子的網球比賽。第一次經過介紹認識她時，她的確很可愛，但是看起來太像個開朗溫和的正常人，我實在想不透怪胎阿柊是看上她哪一點。阿柊很迷戀弓子。他表面上雖然一如往常，可她內在的某種東西壓制了阿柊。二人旗鼓相當。我曾問過阿等那是怎麼回事。

「據說是因為網球。」

阿等笑了。

「網球？」

「嗯。阿柊說她網球打得超棒。」

當時是夏天。艷陽高照的高中網球場上，我和阿等、阿柊一同圍觀弓子的決賽。太陽下的影子很黑，口很渴。那時一切都很耀眼。

她的確厲害。簡直判若兩人。和那個平日跟在我後面笑著喊五月姊、五月姊的女孩判若兩人。我驚訝地觀看比賽。阿等似乎也很訝異。阿柊驕傲地說，「看吧，她很厲害吧？」

她憑藉氣勢與專注力壓制全場，演出一場不容分說強力進攻的網球。而且，她的確實力堅強。神情也很認真。看起來殺氣騰騰。但當她漂亮打出最後一擊，在獲勝的瞬間立刻轉頭看阿柊時，稚氣甜美的笑容已經又變回平日的她，讓我印象非常深刻。

我很喜歡四人共處的時光。弓子經常說，五月姊要永遠跟我們一起玩喔，絕對不可以分手喔。我調侃她說萬一你們自己分手了怎麼辦，她笑著說當然不可能。

結果卻是這種下場。太淒涼了。

我想，阿柊現在並沒有像我這樣追憶她。男孩子不會刻意自找罪受。但也因此，他全身上下看起來只有眼神在傾訴一句話。想必他絕對不會說出口。但那句話如果說出來會很痛苦。非常痛苦。那句話是，

——回到我身邊。

與其說是一句話，那毋寧是祈求。我滿心惆悵。在黎明的河岸，或許我看起來也是那樣？所以有麗才會主動跟我搭訕？我也是。——我也好想他。我思念阿等。我盼望他回到我身邊。至少，我想好好與他訣別。

我暗自立誓絕對不說出今天看到的，而且下次要開朗對待阿柊，就這麼默默走了。

我的發燒越來越嚴重。這是當然的。本來就已經生病了，還在街上一直遊蕩，會發高燒堪稱理所當然。

我媽還笑著打趣說，該不會是開始長智慧了才發燒[2]吧。我也無力地笑了。我也這麼想。或許是多想也無益的思考毒液蔓延到全身了。

到了晚上，我一如既往夢見阿等然後驚醒。夢中的我冒著高燒跑到河邊，阿等站在那裡笑著說，妳都感冒了還亂跑甚麼。感覺糟透了。睜眼時已是黎明，通常這時我已起床換衣服了。可我好冷，只覺得冷，渾身發熱可是手腳冰冷。惡寒竄過，渾身陣陣刺痛。

我顫抖著在昏暗中睜開眼，覺得自己好像在和甚麼無比巨大的怪物戰鬥。而且，有生以來我第一次衷心感到自己說不定會被擊垮。

失去阿等好痛。實在太痛了。

每次與他擁抱，都會感到無法訴諸言詞的言詞。和不是父母也不是自己的外人如此親密，讓我深感不可思議。失去了他的手他的胸，我彷彿碰觸到人最不樂見、人所能遭遇的最深沉絕望的力量。好孤獨。異常孤獨。此刻是最糟的。只要熬過此刻，好歹就是早上了，肯定又會有值得大笑的快樂。只要曙光出現就好。只要早晨來臨就好。

我每每總是這麼想著咬牙忍耐，但是沒力氣爬起來去看河岸風景的此刻，只覺得痛苦。彷彿咀嚼滿口沙礫的時間緩緩流逝。我甚至覺得如果現在去河邊，阿等真的會像剛才那個夢境一樣站在那裡。我快瘋了。快崩潰了。

我慢吞吞爬起來，想去廚房喝杯茶。喉嚨很乾。高燒讓家裡看起來猶如蒙了輕

---

2 長智齒時可能發燒，由於長智齒的階段也是人智慧發育的黃金時期，故有此一說。

紗般扭曲變形，家人熟睡之際，廚房安靜寒冷又黑暗。我搖搖晃晃地倒了杯熱茶回到我自己的房間。

那杯茶好像讓我的身體好多了。解決喉嚨的乾渴後，呼吸變得順暢。我坐起上半身拉開床邊的窗簾。

從我的房間，正好可以看清我家的大門與庭院。院子裡的花草樹木在蒼藍的空氣中簌簌搖曳，猶如全景圖般以扁平的色彩無限延伸。很美。最近我才知道，在黎明的藍色空氣中一切看起來都會被如此淨化。我向外眺望，發現一個人影正沿著我家門前的步道朝這邊走來。

隨著人影逐漸走近，我懷疑自己還在夢中，忍不住拼命眨眼。是有麗。她穿著一身藍衣，笑嘻嘻地看著我朝我走來。她站在大門口，做出口型問：可以進去嗎？我點頭。她穿過庭院走到我的窗下。我打開窗子。心跳急促。

「啊——好冷。」

她說。外面的冷風灌入，冷卻我滾燙的臉頰。乾淨透明的空氣很清新。

「妳怎麼來了？」

我問。我想自己一定像小小孩一樣笑得很開心。

「早晨剛回來，順便散散步。妳的感冒好像很嚴重欸。給妳吃維他命C的糖果。」

她從口袋掏出糖果遞給我，笑容非常乾淨。

「每次都讓妳破費真不好意思。」

我啞聲說。

「妳好像在發高燒。很難受吧？」

她說。

「嗯。今早沒辦法跑步了。」

我說。忽然委屈得想哭。

「感冒啊，」有麗低垂眉睫，淡定地說。「這個時候是最難受的。搞不好比死更痛苦。不過，應該不會再更痛苦了。因為每個人的極限是不會改變的喲。或許會一再感冒，發生和現在同樣的情形，但是只要自己挺得住，一輩子都不會更痛苦了。人體構造就是這樣的。這麼一想，也有人想到這種情形還會發生就覺得受不了，但是想想再苦也不過如此，不就不難受了嗎？」說完，她笑著看我。

我默默瞪大雙眼。這個人真的只是在講感冒嗎？她到底在說甚麼——黎明的暗藍天色與高燒模糊了一切，我無法確定是夢是醒。只是把她的話銘記在心，茫然注視有麗說話時隨著微風輕輕飄動的瀏海。

「那我走了，明天見。」

有麗說完笑了，緩緩從外面關上我的窗子。然後她像要跳舞似地步伐輕快走出大門。

我宛如在夢中漂浮般目送她的背影。痛苦的夜晚尾聲有她翩然來臨，讓我開心得掉眼淚。我想告訴她：在這夢幻般的藍色迷霧中有妳出現，讓我像做夢一樣開心喔。我甚至覺得，等我醒來後一切都會稍微朝好的方向發展了。然後我陷入沉睡。

醒來時，我發現至少感冒真的比較不嚴重了。沒想到睡得這麼熟，已經是傍晚了。我起床淋浴，換衣服，吹乾頭髮。退燒了，除了渾身無力之外已經恢復得差不多了。

有麗真的來過嗎？我在吹乾頭髮的熱風中思忖。想來想去都覺得是一場夢。而且她那番話真的是指感冒嗎？那些話彷彿在夢中回響。

比方說，鏡中映現的臉孔留下略深的陰影，讓我預感真正痛苦的夜晚將如鐘擺擺盪再次來臨。疲憊得甚至不願多想。真的很疲憊。即便如此——就算用爬的我也想逃離。

比方說，現在呼吸比昨天稍微順暢了。但是肯定還會有無法呼吸的孤獨夜晚來臨，這的確讓我很鬱悶。一想到人生就是如此不斷重複，我就不寒而慄。然而，確實會有呼吸突然順暢的瞬間，這個事實的震撼讓我興奮。一再興奮。

這麼想，就稍微笑得出來了。突然退燒令我的思緒渙散如醉漢。這時，突然響起敲門聲。我以為是我媽，隨口應了一聲，結果門一開，進來的竟是阿柊，把我嚇一跳。真的嚇到了。

「妳媽說叫了妳很多遍都沒回應。」

阿柊說。

「吹風機太吵，所以沒聽見。」

我說。剛洗好的頭髮亂七八糟讓我很狼狽。

「我打電話來，妳媽說妳感冒很嚴重，好像是長智慧發燒，所以我來探病。」

阿柊完全不介意地笑了。這才想起，他以前也經常和阿等一起來我家。比方說逛廟會的時候，或者看完棒球賽回來。所以，他就像平常一樣自己拽出坐墊毫不客氣地嘿咻一聲坐下。是我差點忘了。

「這是探病禮物。」阿柊給我看大紙袋，說著笑了。事到如今我也不好意思說自己已經康復了，甚至不得不故意咳嗽給他看，因為他實在太親切了。「我買了妳最愛的肯德基雞排堡和雪酪。還有可樂。也有我自己要吃的那一份，一起吃吧。」

我實在不太願意這麼想，但他對我的態度就像處理未爆彈般小心翼翼。我猜八成是我媽說了甚麼吧，有點丟臉。可是，我的狀態的確也沒有良好到可以說我現在很健康。

明亮的房間，溫暖的暖爐熱氣中，我倆坐在地板上淡定地吃那些東西。我發現自己非常非常餓，吃得津津有味。我好像老是在這傢伙面前吃好吃的東西。而且，我認為那樣很好。

「五月。」

「幹嘛？」

我正在茫然思索這些事情時阿柊忽然喊我，我驚訝地抬起頭。

「妳不能一個人這樣日漸消瘦，苦惱到發高燒。有那種閒工夫不如喊我出來。我陪妳去玩。否則每次見面都發現妳越變越憔悴，偏偏妳還要在別人面前裝作若無其事，簡直是浪費精力。阿等和妳感情那麼深，所以妳肯定難過得要死。這是當然的。」

他一口氣說了這麼多話。我很驚訝。這是他第一次對我表現出這種幼稚的關懷。我還以為他是個更喜歡耍酷的傢伙，因為當下太意外，反而更直接地打動我的心。我好像終於明白阿等當日想起弟弟只有事關家人才會像個正常小孩時，為何會為之失笑了。

「我個人的確還年輕，也很靠不住，如果不穿水手服八成會哭出來，但是有困難時四海之內皆兄弟嘛，對不對？我個人是真的很喜歡妳，甚至可以跟妳蓋同一床棉被。」

他非常認真，似乎絲毫不覺得自己講話很奇怪，我不禁暗想，這傢伙果然是怪胎，忍不住笑了。然後我誠心誠意說：

「是的。的確是這樣沒錯。謝謝。真的謝謝你。」

阿柊走後我又睡著了。或許是感冒藥的作用吧，好久沒有睡得這麼安穩這麼沉，甚至沒有做夢。那是像小時候的平安夜那樣令人興奮的神聖睡眠。等我醒來，就去有麗等待的河邊，去看她說的某種東西。

黎明前。

雖然身體還沒有完全復原，但我還是換好衣服去慢跑。

這是個寒氣凍得渾身發麻的黎明，月影彷彿貼在天空。我的跑步聲響徹靜謐的藍色世界，悄悄被吸收後消失在街頭。

有麗在橋上悄然佇立。見我抵達，她把手插進口袋，半張臉埋在圍巾裡，雙眼亮晶晶地笑了。

「早安。」

她說。

有二顆星星，微渺的白光幾欲消失，在青瓷的天際閃爍不定。

這一幕，美得令人悚然。河水聲勢洶湧，空氣澄淨。

「是連身體都會溶入藍色的藍。」

有麗抬起手遮擋天空說。

群樹隨風沙沙搖曳的剪影淡淡映現。天空緩緩移動。月光照入昏暗中。

「時間到了。」阿麗的聲音緊繃。「記住，從現在起，這裡的次元和空間、時間可能都會晃動、錯亂。說不定妳就站在我旁邊可我倆都會看不見對方，也可能彼此看到的是截然不同的東西。……注意看河對岸。絕對不能出聲，也不能過橋。聽清楚了嗎？」

「ＯＫ。」

我首肯。

然後沉默降臨。只有水聲轟隆轟隆響起，我與阿麗並肩凝視對岸。我的心跳急促，雙腳似乎也在發抖。黎明漸漸接近。天空的暗藍轉為淺藍，鳥鳴聲聲不斷。

耳朵深處似乎聽見某種低響。我驚訝地往旁邊一看，阿麗不見了。只有河流，我，天空——然後就在風聲與水流聲之間，響起一個熟悉又懷念的聲音。

鈴鐺。沒錯，那是阿等的鈴鐺聲。叮叮發出細小聲音，在這無人的空間響起鈴鐺聲。我閉眼在風中確認那個聲音。接著，當我睜開眼望向對岸時，我感到此刻的瘋狂遠勝於這二個月的任何一瞬。我好不容易才忍住尖叫的衝動。

是阿等。

河對岸，如果不是做夢或神經失常，面向這邊佇立的人影應該就是阿等。隔著這條河——眷戀油然湧上心頭，他的外貌完全與我心目中記憶的影像對焦。

他站在藍色黎明的朦朧霧氣中，看著我這邊。每次我胡鬧的時候，他就是用這種憂心的眼神看我。他的手插在口袋，直視著我。我忽近忽遠地浮想在他懷中度過的時光。我們只是默默凝眸相望。橫亙在我倆之間的湍急河流，這異常遙遠的距離，只有漸漸淡去的月亮在看著。我的頭髮，以及我懷念的阿等的襯衫領子，在河風中幽微如夢地翻飛。

阿等，你想跟我說話嗎？我想跟阿等說話。我想去阿等身邊，緊緊擁抱慶祝這場重逢。可是，可是——淚水奪眶而出——命運已將你我如此明確地分隔在河流兩岸，我束手無策。我只能含淚望著阿等。阿等也同樣悲傷地凝視我。我渴望時間就此停止——然而，當黎明第一道曙光照射時，一切開始緩緩褪色。就在我眼前，阿等漸漸遠去。見我焦急，阿等含笑揮手。他一次又一次揮手，消失在藍色暗影中。我也在揮手。我想把懷念的阿等、懷念的肩膀與手臂線條通通烙印在眼底。我盼望將這淡淡的景色、滑過臉頰的滾燙熱淚，通通都記在腦海。他的手臂劃過的線條化為殘影映現空中。但他還是慢慢變淡，終至消失。我在淚眼模糊中緊盯著那一幕。

等他完全消失時，我又置身於原本的清晨河岸。身旁，站著有麗。她流露悲痛欲絕的眼神一直望著前方。

「看到了？」

她說。

「看到了。」

我抹著眼淚說。

「很感動？」

有麗這次扭頭朝我笑了。我的心頭也瀰漫安心感。

「很感動。」

我報以微笑。曙光照耀，在清晨來臨的場所，我倆佇立良久。

在一大早剛開門的甜甜圈店啜飲熱咖啡，有麗眼神略顯惺忪說：

「我也是抱著或許能夠與橫死的戀人好好訣別的期待，才來到這裡。」

「那妳見到了？」

我問。

「嗯。」

有麗笑了一下，說。「真的是百年一次，種種偶然因素齊備才會發生那種現象。地點和時間都不固定。知道的人，稱之為七夕現象。因為只會發生在大河邊。有些人完全看不見。唯有死者殘留的思念與死者親友的悲痛恰好產生反應時，才會看見那種朦朧幻影。我也是第一次見到。……我猜妳一定運氣很好。」

「……百年一次啊。」

我對那渺茫得無法想像的機率浮想聯翩。

「抵達這裡時，我先來事前探勘就發現妳站在那裡。我憑著野獸的直覺立刻猜到，妳八成也失去了某人。所以，我才會邀妳一起來。」

晨光穿透髮絲，如此言笑晏晏的有麗，宛如寧靜的雕像堅定不移。

她到底是甚麼樣的人物？她來自何處，又將去向何方？還有，她剛才看到河對岸出現了甚麼人……我問不出口。

「生離死別很痛苦。但是如果沒把那當成此生最後一次的戀愛，對女人而言連打發時間的消遣都算不上。」有麗啃著甜甜圈，就像閒話家常似地說出這種話。

「所以，今天能夠了無遺憾地訣別，我很滿足了。」

然而，她的眼神異常哀傷。

「……嗯，我也是。」

我說。於是，有麗在陽光中溫柔地瞇起眼。

我想起揮手告別的阿等。那是強光穿透心靈般的哀痛場景。是否該為此感到滿足，老實說，我還無法理解。只是在強烈的陽光中，此刻仍有餘韻縈繞心頭隱隱作痛罷了。心酸得無法呼吸。

即便如此——即便如此我還是看著此時眼前微笑的有麗，在稀薄咖啡的香氣中，強烈感到自己非常接近「某種東西」。風吹得窗櫺喀喀搖晃。那一如訣別時的阿等，即便我敞開心房凝神注視，還是會從我眼前逕自走遠。那種東西如太陽在黑暗中燦爛發光，我只能迅速經過。讚美詩般的祝福灑落，我衷心祈求。

——請讓我變得更堅強。

「接下來妳又要去別的地方？」

走出甜甜圈店，我問道。

「嗯。」她笑著拉起我的手。「下次有緣再見囉。我不會忘記妳的電話號碼。」

之後，她就這樣遁入清晨街頭的人潮中遠去。目送她離去，我暗忖。

我也不會忘記——送給我許多東西的妳。

「我個人，不久前看到了。」

阿柊說。

為了給他遲到的生日禮物，我特地趁著母校午休時間去找他。我坐在操場邊的長椅，一邊望著奔跑的學生一邊等他，發現他朝我跑來時竟然不是穿水手服，我吃了一驚，他在我身旁一坐下就迫不及待這麼說。

「看到甚麼？」

我問。

「弓子。」

他說。我愣住了。穿白色體育服的學生們掀起滿天塵土從我們眼前跑過。

「應該是前天早上吧。」他繼續說。「也許只是做夢。總之我睡得昏昏沉沉之際房門忽然開了，弓子走進來。她走進來的態度太正常，讓我忘記她已經死了，我說，弓子？她噓了一聲豎起食指，然後笑了。……果然很像是夢吧。後來，她打開我房間的衣櫥，仔細取出水手服，就這麼抱走了。她用口型跟我說拜拜，笑著揮手道別。我不知該怎麼辦，結果又睡著了。果然是做夢吧。可是，水手服不見了。到處找都找不到。我忍不住哭了。」

「……嗯。」

我說。說不定，不只在河邊，只要是那天，那個早晨，或許就有可能發生那種奇遇。有麗已經不在了，我無從得知真相。但他的態度很坦然，所以我想，也許這傢伙是個很不得了的人物。也許他可以把本來只能發生在河邊的奇景隨手招來。

「妳說我是不是瘋了？」

阿柊開玩笑說。

淡淡春陽照射的午後，從教室乘風送來午休時間的喧鬧聲。我遞上送給他的唱片，一邊笑著說：

「這種時候，去慢跑就對了。」

阿柊也笑了。在陽光中盡情大笑。

我渴望幸福。比起長期在河底打撈的辛苦，握在手中的一撮沙金更令我心動。

而且，我希望我所愛的人們都能比現在幸福。

阿等。

我已經不能再在這裡逗留了。我必須不斷邁步前行。時光的流逝無人能夠遏止，所以沒辦法，我要走了。

一趟沙漠商旅結束，又會開始下一趟。有些人會重逢。也有些人今生無緣再會。有人不知不覺遠去，也有人僅只是錯身而過。我一邊打招呼，一邊感到心境越來越清明。凝視著湯湯河水，我知道我必須活下去。

我深切祈求，至少那個少女時代的我，能夠常伴你左右。

謝謝你對我揮手道別。謝謝你一次又一次朝我揮手，謝謝。

其後——文庫版後記

這本小說的暢銷，一度讓我喘不過氣。

被那個時代的巨浪吞沒，彷彿連自己的生存方式都遭到左右。

我想把自己切身感到的「過於敏感帶來的苦惱與孤獨」的確有其殘酷的一面，幾乎難以忍受。但是只要還活著，人生就會繼續走下去，那肯定不是甚麼壞事。就算纖細易感，只要善加利用那個特質，還是有可能快活過日子。因此，最好放下天真的心態，對自己的傲慢有所自覺，培養冷靜的態度。只要下點功夫，人肯定可以隨心所欲地活著」這個信念，獻給歷經各種痛苦悲傷的過程中不知不覺心靈荒蕪，正渴求外界滋潤的人。

這就是我唯一想做的。

如果讀者能夠透過小說得知也有這樣的想法，或許企圖自殺的人也會踩煞車，哪怕只是遲疑數小時。

此外，人們很愛找我談心事可我其實很討厭扮演知心姊姊，卻又有點希望以某種形式對社會有所貢獻。

而我的主題永遠只有一個，那就是透過種種微妙的感覺，單純描繪出這個世界的美好。

我所愛的人們不可能永遠相伴，再好的事情也會過去。再深的悲痛，等到時間久了也不會再同樣悲痛。因此我希望把這樣的美好化為文字烙印下來。如果我的作品能夠稍微打動人心，只要有人覺得需要，我就會繼續書寫。

當時堅定抱著如此想法的我只是個黃毛丫頭，對於連不需要的人都看了我的書這碼事，大概還沒有那種涵養感到歡喜。

如今變成歐巴桑，臉皮也厚多了，逐漸可以樂觀看待：「自然而然就變成那種結果了，所以只要把好的部分當成快樂回憶就行了！」「有那麼多人看我的書，我已完成任務了。之後只要自由自在做我想做的就行了。」

去喝酒時，就算第三性公關店的媽媽桑調侃我：「妹子，妳得再寫本當初那樣暢銷的書才行！」我也總是笑著說：「那不一樣啦。」能夠有這樣笑著面對的一天，真是太好了。

這本小說被各種人用各種方式閱讀，也得到許多精彩的評論。每每令我倍感光榮。

迄今無法忘懷的是我的朋友井澤君說，「吉本的那本小說，終於讓這世間女子的弱勢受到重視，浮上了檯面。」

如果讀者被隱藏的感性能夠得到解放，光是這樣，我想我就已經盡到自己的職責了。

彷彿環遊世界各地，帶著大家的喜愛回國的小孩子，這本換上新封面的《廚房》能夠問世讓我非常開心。

爽快贊成出版文庫本的松家仁之先生，總是比我自己更愛護我的作品的根本昌夫先生，淋漓盡致地發揮出色的品味創作美麗插畫與裝幀設計，同時兢兢業業與我討論，擁有心靈美的增子由美小姐，真的很謝謝你們。

也要衷心感謝向來協助我的事務所全體同仁。

我打從心底期盼，這個封面版本的《廚房》能夠成為讀者的好友。

二〇〇二年　春

吉本芭娜娜

藍小說836

廚房

作者—吉本芭娜娜
譯者—劉子倩
主編—嘉世強
編輯—張瑋庭
企劃經理—何靜婷
封面設計—霧室
內頁排版—極翔企業有限公司
董事長—趙政岷
出版者—時報文化出版企業股份有限公司
108019台北市和平西路三段二四〇號三樓
發行專線—（〇二）二三〇六—六八四二
讀者服務專線—〇八〇〇—二三一—七〇五
（〇二）二三〇四—七一〇三
讀者服務傳真—（〇二）二三〇四—六八五八
郵撥—一九三四四七二四時報文化出版公司
信箱—10899臺北華江橋郵局第99信箱
時報悅讀網—http://www.readingtimes.com.tw
電子郵件信箱—liter@readingtimes.com.tw
法律顧問—理律法律事務所　陳長文律師、李念祖律師
印刷—綋億印刷有限公司
初版一刷—一九九九年十二月六日
二版一刷—二〇一七年十二月十五日
二版十八刷—二〇二四年八月十二日
定價—新臺幣二六〇元
（缺頁或破損的書，請寄回更換）

時報文化出版公司成立於一九七五年，
並於一九九九年股票上櫃公開發行，於二〇〇八年脫離中時集團非屬旺中，
以「尊重智慧與創意的文化事業」為信念。

廚房／吉本芭娜娜著；劉子倩譯 .– 二版 .– 臺北市：時報文化，
2017.12
面；　公分 .–（藍小說；836）
譯自：キッチン
ISBN 978-957-13-7241-9

861.57　　　　106021886

ISBN 978-957-13-7241-9
Printed in Taiwan